Né en 1910 dans l'île de Chiloé, au sud du Chili, décédé en 2002, Francisco Coloane s'est imposé dès les années 1960 en publiant des textes brefs, fouettés par tous les mauvais vents du Sud. Auteur de récits d'une composition parfaitement originale, à mi-chemin entre le recueil de nouvelles et le roman « éclaté » – *El Guanaco, Cap Horn, Tierra del Fuego, Le Dernier Mousse, Le Sillage de la baleine, Antartida* –, il demeure un conteur sans égal. Il a reçu en 1964 le Prix national de littérature du Chili et a été fait chevalier des Arts et des Lettres. Son dernier ouvrage, *Le Passant du bout du monde*, est le récit de sa vie, composé au gré de son inspiration.

DU MÊME AUTEUR

Tierra del Fuego
nouvelles
Phébus, 1994 et 2009
« Libretto », n° 124
et « Points », n° P148

Cap Horn
nouvelles
Phébus, 1994 et 2005
« Libretto », n° 195
et « Points », n° P253

Le Dernier Mousse
roman
Phébus, 1996
et « Points », n° P481

Le Golfe des peines
nouvelles
Phébus, 1997
et « Points », n° P610

Le Sillage de la baleine
roman
Phébus, 1998
et « Points », n° P739

Antartida
roman
Phébus, 1999 et 2009
et « Points », n° P2114

Le Passant du bout du monde
autobiographie
Phébus, 2000
et « Libretto », n° 107

Naufrages
Phébus, 2002
et « Points », n° P2377

Entretiens avec Francisco Coloane
Souvenirs du bout du monde
Terre de brume, 2004

Francisco Coloane

EL GUANACO

ROMAN

Traduit de l'espagnol (Chili)
par François Gaudry

Phébus

TEXTE INTÉGRAL

TITRE ORIGINAL
El Guanaco blanco
ÉDITEUR ORIGINAL
Zigzag

ISBN 978-2-02-029911-4
(ISBN 2-85940-386-8, 1re publication)

A Juan Franscisco Coloane Rojas

1

C'est en allant chercher quelques brassées de foin pour les chevaux des clients, qu'Esther, la femme du Pelé, trébucha sur le corps d'une jeune Indienne allongée au pied de la meule.

Río Grande n'était à cette époque qu'un village de la rive nord de l'embouchure du fleuve qui prend sa source au Chili et se jette dans l'Atlantique, roulant des eaux gonflées par les arroyos de la pampa argentine.

La maison de Riera le Pelé était la seule qui proposât le gîte et le couvert au voyageur et à sa monture, pour le même prix, ainsi que l'annonçait une pancarte verte, accrochée à l'auvent de la cantine. C'était une sorte de poste frontière où se retrouvaient gens de mer et de terre, les uns chasseurs de phoques ou de baleines, les autres, chercheurs d'or, campagnards, contremaîtres et gardiens de troupeaux des estancias. Chacun avait une histoire à raconter, ou à taire, selon l'humeur. Le capitaine Wallis, qui transportait des moutons des îles Malouines pour les éleveurs de la côte argentine, avait navigué dans sa jeunesse le long des côtes de l'Inde et s'étonnait d'entendre les Indiens fuégiens appeler « guanacos blancs » les moutons que la *Fair Rosamonde,* sa goélette, destinait aux estancias Primera, Segunda et Tercera Argentine. S'il prétendait avoir vu le célèbre tigre du Bengale, il tenait, en revanche, le tigre blanc des vallées himalayennes, friand de chair humaine, ou encore « l'abominable homme des neiges », pour des animaux de légende. Les hauts sommets de la planète sont riches en légendes ; telles des gouttes perdues, elles voyagent sur les nuages, les glaciers, les filets d'eau ou de lumière qui s'infiltrent silencieusement dans les veines de la terre ; elles franchissent les océans et leurs reflets brillent comme autant de miroirs illusoires de la geste de l'homme ou des dieux.

L'âpre réalité fuégienne avait déposé aux pieds d'Esther, cette jeune fille de race selk'nam ou ona, les « hommes du Nord », ainsi que l'on nommait les Indiens Yamana vivant dans les régions s'étendant du cap Horn au canal Beagle, la « passe des Ona ».

Esther crut tout d'abord qu'il s'agissait d'un petit guanaco blessé par un coup de cravache mal assené ; mais elle découvrit un mocassin indien, à la semelle pleine d'herbe, déchirée et sanguinolente, dépassant d'une cape en peau de guanaco. La faible respiration de la jeune fille soulevait la fine laine blanche et dorée qui lui couvrait la poitrine. Esther se penchait prudemment lorsque la jeune Indienne, effrayée, bondit sur ses pieds. Elle avait rêvé de Siáskel, le monstre de la légende ona qui dévore les femmes et orne sa ceinture du pubis de ses victimes.

Elle se serait enfuie si Esther ne l'avait saisie au poignet en appelant son mari à la rescousse. Le Pelé arriva en remontant son pantalon, car il sortait du lit. Chacun la prit par un bras afin de l'empêcher de tomber, d'autant que son pied gauche recommençait à saigner.

A cet instant apparut Arturo Stewart, contremaître de la Tercera Argentine, tenant par la bride la célèbre jument alezane de George Sterling, son collègue de la Segunda, qui avait continué seul la tournée des bordels. Tous deux originaires des Malouines, ils convoyaient sur la *Fair Rosamonde* les troupeaux de moutons de la Compagnie des Falkland, qui vendait du bétail en Terre de Feu, où ils avaient fini par s'installer et devenir contremaîtres. A Río Grande on les surnommait « les Malouins ».

– Une balle de 44 lui a traversé le talon, dit Stewart, jouant les médecins.

Il s'était acquis une réputation de guérisseur après avoir opéré, avec succès, à l'aide d'une plume d'oie sauvage, le Chilote Oyarzún, berger du poste de Cerro Redondo dépendant de l'estancia chilienne San Sebastián, située près de la frontière. Il avait trouvé Oyarzún agonisant, seul dans sa cabane, incapable d'uriner, à la suite d'une blennorragie contractée dans un bordel de Río Grande. Il eut l'idée d'émonder une rémige d'oie mâle et de la lui introduire dans la verge jusqu'à ce que l'homme parvienne à se libérer.

– Maintenant que je peux pisser, je crois en Dieu ! s'était exclamé Oyarzún, après que le Malouin lui eut retiré la sonde improvisée.

En revanche, la balle qui avait traversé le talon de la jeune Ona provenait d'une carabine winchester ou marlin, l'arme favorite des chasseurs d'Indiens. Le projectile avait transpercé le talon. Le sable des plages du Río Grande s'était mêlé au sang et à l'herbe de la semelle déchirée. L'adolescente avait perdu beaucoup de sang en parcourant les quinze kilomètres qui séparent le cap Domingo de l'embouchure du fleuve. Le massacre des Indiens avait eu lieu sur les flancs de ce promontoire de pierre rouge qui s'élance à soixante-quinze mètres au-dessus du niveau de la mer en bousculant de gros blocs de pierre sur lesquels viennent grimper les phoques. Dans un mélange d'espagnol et de langue ona, la jeune fille s'efforça d'expliquer la tragédie de sa tribu qui venait d'être massacrée.

– *Koliote*[1]... boum boum... mourir Anikin, Gemntana femme d'Anikin... bébés... femmes... *Con Telé... Con Helesh... Co Tish...*

– Et toi, comment tu t'appelles ?

– Men Nar, répondit-elle.

Le Pelé fronça les sourcils. Il connaissait quelques mots de la langue des Indiens Ona, avec lesquels il se livrait au

1. Étranger, en langue ona. (Toutes les notes sont du traducteur.)

commerce des peaux, qu'il échangeait contre de l'alcool et des marchandises de sa gargote. Il les avait entendus appeler « nar » l'épais vin rouge argentin de la marque Toro. Et comme une tête de taureau ornait l'étiquette, les Indiens qualifiaient peut-être le vin de sang de *toro*... Quoi qu'il en fût, les connaissances linguistiques du Pelé s'arrêtaient là. Stewart intervint ; il connaissait le dictionnaire de trente mille vocables indigènes, édité à Londres par le missionnaire Thomas Bridges.

– Men veut dire ombre et nar est simplement le sang, expliqua-t-il.

Esther et le Pelé se regardèrent, perplexes... Ombre de sang ?

– Pourquoi pas ? poursuivit le contremaître. Les mères ona étirent les paupières de leurs nouveau-nés afin qu'ils résistent à la réverbération de la neige quand elles les portent dans le dos. Elles disposent ainsi de quatre yeux pour détecter les fissures dans la glace. Elles baptisent leurs enfants de noms qui rappellent certains détails, des circonstances particulières ou encore la période de leur naissance...

– Vraiment, l'interrompit Esther en se penchant sur le visage livide de la jeune fille, elle a des cernes qui font penser à des ombres de sang.

– Elles les teintent parfois avec du jus de *calafate* [1], expliqua le Pelé.

– Il vaut mieux ne pas manger de calafate, si on veut un jour quitter cette île, dit Esther.

Stewart se pencha sur les yeux de la jeune fille. Ils étaient noirs, profonds, brillant d'un éclat humide. Les pommettes saillantes semblaient prolonger ces paupières ombrées et la chevelure barrant le front donnait à ce nez prononcé et aux lèvres charnues une belle expression de vitalité juvénile que l'hémorragie n'avait pas effacée. Après l'avoir interrogée, Stewart arriva à la conclusion

1. Arbuste épineux fuégien qui donne des baies.

que Con Telé voulait dire « homme d'été » et Con Helesh « homme d'hiver ».

C'étaient ses deux prétendants déclarés à l'issue du *kló-keten,* le rite initiatique de la tribu par lequel les adolescents accèdent à l'âge adulte. Partis à la chasse au phoque et au cormoran, l'oiseau sacré des cérémonies, ils étaient descendus aux plages du cap Domingo.

De l'œsophage d'un cormoran, Kuanip, le héros légendaire des Ona, qui avait tué Siáskel dans un combat au milieu des glaces, avait fabriqué un instrument de musique, avec lequel il s'était enfoncé dans la forêt, désespérant de l'amour d'Okelta. Là, solitaire, il avait entonné une chanson, que fredonnaient encore les grands hêtres lorsqu'ils perdaient leurs feuilles et ressemblaient à des squelettes fantomatiques pendant les longs hivers fuégiens.

A l'aide de gestes, de syllabes et de mimiques, Stewart comprit que Co Tish signifiait « bras courts » et Gemntana « sensitive ».

La tribu d'Anikin travaillait à l'estancia de Puerto Harberton, sur la rive nord du canal Beagle que les Ona appelaient Onashaga. Cette estancia était un don du gouvernement argentin en reconnaissance des efforts accomplis par le révérend Thomas Bridges pour catéchiser les Indiens et les civiliser. Le révérend devait son nom de Bridges à son passé d'enfant abandonné, recueilli sous les ponts de la Tamise. Ses humbles origines le conduisirent à la religion protestante, dont il respecta les principes, avec foi et abnégation, jusqu'à la fin de sa vie dans ces confins du monde austral. Ses fils, Lucas, Despard et Thomas, et ses deux filles héritèrent de l'estancia de Puerto Harberton, et s'ils ne devinrent pas pasteurs, c'est en éleveurs qu'ils offrirent abri et travail aux Indiens Ona.

A l'estancia, l'espagnol, langue officielle de l'enseignement en Argentine et au Chili, avait remplacé l'anglais.

La tribu d'Anikin travaillait à l'élevage ; mais quand arrivait l'époque du kloketen, son instinct nomade se réveillait et elle partait vers le Nord, afin d'assister aux cérémonies traditionnelles, au risque de se faire massacrer par les fermiers chiliens ou argentins, qui tuaient les Indiens, avec la bénédiction du *Daily News*.

Le métissage avec les koliotes – les étrangers – avait déjà porté ses fruits. Chelaite, une Indienne de mère ona et de père norvégien, a raconté à sa manière l'extermination massive du peuple ona :

« En ce temps-là les Indiens étaient paisibles, la flèche n'allait pas aussi loin que la balle du fusil. Les chasseurs d'Indiens tuaient beaucoup dans la pampa. Ils tuaient pour une livre sterling par tête d'Indien et ils coupaient les seins des femmes pour prouver qu'ils avaient tué une femme, parce que ça leur rapportait un peu plus... une livre et demie, il me semble, peut-être plus... Ils disaient que les femmes faisaient des enfants et que les enfants quand ils grandiraient deviendraient des voleurs, par nécessité, parce qu'ils auraient faim. Avec la flèche c'était difficile, très difficile de tuer des guanacos. Avec la carabine, c'était facile ; mais après il n'y avait plus de guanacos. Les guanacos partaient avec les gens, ils s'en allaient loin... »

Quand il entendait de tels récits, Arturo Stewart serrait les dents, comme un cheval mâchant son frein. Il gardait en mémoire cette expédition contre une vingtaine d'Indiens qui avaient tenté de voler des moutons de l'estancia chilienne San Sebastián, de la Sociedad Explotadora de la Tierra del Fuego. Ils avaient traversé la frontière dans la cordillère Carmen Sylva, où Stewart était contremaître d'une section de trente mille moutons ; San Sebastián en comptait deux cent mille. Les Indiens avaient essayé d'en voler quelques-uns pour nourrir leurs familles qui étaient affamées.

Les Ona avaient vécu des milliers d'années en Onaisin, ainsi qu'ils appelaient leur grande île de quarante-huit mille kilomètres carrés. Et maintenant on les pourchassait à coups de fusil pour avoir volé cinq guanacos blancs.

Arturo Stewart se souvenait d'une lettre de Mauricio Braun, le génie commercial qui avait fondé et développé la Sociedad Explotadora en absorbant de petites estancias ; une lettre qui expliquait, avec un certain humanisme, ces événements lamentables. Braun n'avait aucun goût pour les massacres de voleurs de moutons. Il trouva un arrangement avec les missionnaires salésiens, acceptant que ceux-ci emmènent les Indiens sur l'île Dawson, dans le détroit de Magellan, où ils avaient leur mission. Le journal *El Magallanes* rapportait un fait insolite : parmi les Indiens capturés et incarcérés à la prison de Punta Arenas, la ville chilienne sur la rive nord du Détroit, certains portaient les noms de Darwin, Pasteur, Victor Hugo, Humboldt, ainsi que ceux d'autres grands poètes et hommes de science. C'était amusant de lire que Charles Darwin, le célèbre naturaliste du *Beagle,* avait été capturé comme voleur de moutons en Terre de Feu et envoyé sur l'île Dawson, chez les salésiens de don Bosco.

Stewart avait en mémoire une autre lettre qu'il avait lue à la mission du révérend Sterling sur l'île Keppell. Elle se trouvait parmi des coupures de journaux archivées par le révérend. C'était une lettre célèbre du capitaine américain Amherst, dans laquelle celui-ci s'interrogeait sur les résultats que pourrait produire la distribution aux Peaux-Rouges de couvertures et de vêtements contaminés par la variole. Ainsi pouvait-on les exterminer en silence tout en feignant de les protéger. Cette lettre avait été publiée par une revue médicale nord-américaine. Ici, en Terre de Feu, on employait l'arsenic et la strychnine afin de protéger les agneaux contre les attaques des mouettes pillardes et des caranchos qui leur arrachaient les yeux avant de les dévorer. On empoisonnait le cadavre d'un mouton ou celui d'une baleine échouée sur les plages du cap San Martín ou du cap Domingo, en Argentine, ou encore de Bahía Inútil et de Spring Hill, au Chili. Et si les Indiens Ona, émerveillés, croyant que les chants de leurs *jon* – les chamans de la tribu – avaient attiré la baleine, mangeaient de cette chair… eh bien, c'était de la malchance, non un crime, et en tout cas la triste fin de voleurs de moutons.

Dans la baie Felipe, des familles entières avaient ainsi péri à côté du cadavre d'une baleine bleue, qui évoquait, avec ses côtes dénudées, une macabre scène de Charon, dont la barque eût attendu la marée pour traverser le détroit.

Les yeux fermés, Men Nar se souvenait qu'« Ocen, la baleine, se maria avec Schiuno, le vent, et qu'ils eurent pour enfant Schiunoctau, le colibri ». « Lolololo… hoiyoiyoiyoi… yei yei yei… » répétait sans fin le chant monotone, mais vigoureux, qui s'élevait, rivalisant avec la houle, sur laquelle les jon guettaient le jet de la baleine qui vaporisait des nuées de colibris dans les rayons du soleil, au-dessus des eaux miroitantes. Céip, le passereau, et Saica, le rouge-gorge, apparaissaient dans ces chants rituels, par lesquels les jon attiraient les baleines vers la plage du grand festin. Sauf que le festin de la baie Felipe avait été assaisonné d'arsenic ou de strychnine par les éleveurs afin de tuer les mouettes pillardes. Ces sauvages Indiens ne connaissaient pas encore la courtoisie britannique qui, lors d'un banquet, exigeait que les invités repoussent un plat que le roi ou la reine repoussait… Ils ne connaissaient pas non plus l'éclipse de Dieu dont parlait Martin Buber, ou le silence infini qui effrayait Pascal… Ou encore la prière des Fang d'Afrique : « Nzame (Dieu) est là-haut : l'homme en bas ; / Dieu est Dieu, l'homme est l'homme ; / à chacun son rôle, à chacun sa maison. »

L'être suprême des Ona se nommait Timáukel : « celui qui est au ciel » ; mais la création de l'homme avait été l'œuvre de Quenós, descendu sur terre pour accomplir sa mission ; Quenós « l'éternel, le tout-puissant qui vit au-delà des étoiles ».

2

Garibaldi Honte, un Ona baptisé qui avait été élevé dans sa tribu jusqu'à l'âge de neuf ans par sa grand-mère parce que sa mère vivait avec un autre homme, racontait ainsi son histoire :

« Ma grand-mère partait souvent avec la famille au nord de l'île. Puis on revenait à Harberton, à l'estancia du missionnaire Bridges. C'est là que j'ai grandi. Quand le mari de ma mère est mort, elle a vécu avec un Chilien, un certain Barrientos, qui travaillait dans une scierie du canal Beagle. J'ai appris le système des Européens, croyant que j'allais devenir civilisé comme eux. Autrefois, les Ona vivaient seuls sur cette île et n'avaient de contact avec personne ; ils vivaient plus heureux qu'aujourd'hui, parce qu'ils étaient libres de leurs mouvements. Ils disaient "je vais à tel endroit" et ils partaient ; s'ils voulaient manger du guanaco, ils mangeaient du guanaco ; s'ils voulaient un oiseau, ils mangeaient un oiseau ; ils n'avaient pas besoin de tourner autour du pot pendant des heures. A cette époque, j'étais heureux de porter une cape de guanaco, avec la laine à l'extérieur, ça ne tenait pas très chaud mais j'étais propre et plus fort pour affronter le froid ; je ne portais pas la laine de guanaco blanc, comme aujourd'hui. Les Ona vivaient longtemps, pleins de santé, robustes, fiers, heureux. Je n'aime pas la civilisation, il y a trop d'inconvénients, on n'est jamais propriétaire de son toit, de sa maison, parce qu'il faut acheter la terre à l'État. L'État dit que la terre lui appartient ; mais la terre appartient aux Ona, alors comment peuvent-ils la leur vendre ? Faut-il être civilisé pour posséder une terre ? L'Ona est propriétaire de son arc, de ses flèches, de ses mocassins, de sa cape, de tout ce qu'il y a dans l'air, dans les plaines et au bord de la mer. Autrefois, l'Ona allait partout, personne ne lui demandait : D'où tu viens ? Où tu vas ? Qu'est-ce que tu fais ? C'était mieux avant les barbelés. L'Indien n'aime pas les barbelés. Après il y a eu les troupeaux de guanacos blancs, les moutons, et les propriétaires ont commencé à traquer les Indiens, ils disaient qu'ils leur volaient des bêtes. Mais les Indiens chassaient les vrais guanacos, presque aussi grands que les chevaux ; ils couraient plus vite que les chevaux, ils bondissaient au-dessus des clôtures. Un jour, un Ona a dû prendre un mouton pour ne pas mourir de faim ; il ne savait pas que les moutons ont un propriétaire. Et pourquoi n'en manger qu'un alors qu'il y en avait des milliers ? C'est ce qu'ils disaient. Comme les vrais guanacos commençaient à manquer, les Ona capturaient des guanacos blancs, pour se nourrir, pas pour faire du commerce. Alors, les propriétaires ont commencé à tuer des Ona. En ce temps-là les Indiens n'étaient pas méchants, ils aidaient même les naufragés ; s'ils trouvaient un naufragé blessé, ils le secouraient et l'emmenaient au campement, et s'il ne pouvait pas marcher, ils le portaient sur les épaules. Il y a l'histoire de cet Anglais, Kirke, l'un des premiers naufragés, ils l'ont emmené au campement, très loin, et ils l'ont soigné jusqu'à ce qu'il guérisse de sa blessure au pied ; et l'homme est resté, il n'a pas voulu quitter les Indiens qui lui avaient sauvé la vie. Il est resté avec eux, il est devenu un véritable Indien, avec une longue chevelure, une grande couverture et une cape ; puis il s'est marié avec une femme ona et ils ont eu des enfants ; ça prouve qu'ils voulaient bien accueillir d'autres individus. Le mauvais c'était le Blanc, l'Européen, on parle comme ça de l'Européen ; il a été mauvais dans son pays, ils ont été mauvais entre eux, et ils viennent faire le mal ici, parce que d'après ce que disent les histoires, avant d'être civilisés avec la civilisation d'aujourd'hui, ils se battaient entre eux, pour les terres, les animaux, la nourriture ; ils faisaient de grands massacres et puis ils sont venus massacrer ici. A l'époque, les Indiens, on les envoyait à l'île Dawson. Là-bas, Mgr. Fagnano avait une mission. Dans l'île ils étaient libres mais ils ne pouvaient pas partir, c'était une mission de salésiens, une concession accordée à Mgr Fagnano, qu'on appelait capitaine Bueno, parce qu'il ne tuait pas les Indiens ; il les défendait et leur apprenait à travailler. Mgr Fagnano était venu comme prêtre avec Ramón Lista [1] et, en voyant qu'à cause d'une erreur de Lista on avait tué vingt-huit Ona armés d'arcs et de flèches dans les fourrés de mata negra, Fagnano a parlementé avec les Indiens ; et à partir de ce moment il a été de leur côté. Après, Lista a dit que les Indiens étaient les meilleurs hommes du monde et que c'était une erreur de les avoir tués ; mais c'était fait et personne ne peut ressusciter les morts. Pendant vingt ans, l'île Dawson a été concédée à monseigneur Fagnano par le gouvernement chilien pour que les Indiens apprennent la civilisation. Plus de trois mille Indiens y ont vécu. Qu'est-ce qu'ils sont devenus ? On les a transformés en chair à saucisse ou quoi ? Parce que en vingt ans, trois mille Indiens ne peuvent pas mourir de maladie ! Quand l'île Dawson a été rendue au bout de vingt et un ans, on a de nouveau envoyé quelques Indiens là-bas, mais des Ona il n'y a eu que deux ou trois femmes, pas un seul homme : la Raquela, la Paula, la Petronila ; la seule qui est repartie c'est la Petronila, qui s'est mariée avec Leguizamón. Ils sont allés à Viamonte et là ils se sont séparés parce que Leguizamón voulait des enfants, mais la Petronila ne pouvait pas en avoir ; alors il a dû chercher une autre femme et il a abandonné la Petronila qui est morte un peu plus tard

1. En 1886, Ramon Lista commandait une expédition scientifico-militaire en Terre de Feu, dont José Fagnano était l'aumônier.

dans la région du lac Fagnano où elle vivait avec un compatriote. Voilà l'histoire, c'est vraiment toute une histoire. La mission s'est installée entre Río Grande et Río Chico, près de l'endroit où se trouve aujourd'hui la Section Miranda, de l'estancia Segunda Argentina ; c'était vers la fin de la destruction des Ona. Certains se sont réfugiés à la mission de La Candelaria, au cap Domingo. Les Yaghan, les Alakaluf, les Ona, on voulait en finir avec eux, parce qu'ils avaient la terre des guanacos. Tant d'années à traquer le guanaco ! C'était interdit de les chasser dans la montagne de l'autre côté du lac Fagnano, qui s'appelait alors Kahuincuen. Triste, c'est triste... Je pense souvent à mon peuple d'autrefois ; j'ai de la peine, mon cœur se remplit de chagrin quand je vais dans la campagne où il y avait autrefois tant de gens, et maintenant plus personne, personne... Quand je vais par là-bas à cheval, je passe par des endroits où des gens ont vécu ; j'ai de la peine de penser à une telle ou à un tel, de penser aux parents éloignés, à la famille de mes parents, moi qui ai vécu avec eux, et il a fallu que je sois le dernier, c'est bien triste, non ? Si c'est la volonté de Dieu, pourquoi cette volonté ? Les Ona avaient eux aussi un Dieu, celui que l'on ne nomme pas, parce qu'il est plus haut que les étoiles, dans une île blanche au milieu du ciel, où s'en allaient vivre les caspi [1] des ancêtres ; parce que celui que l'on ne nomme pas était un pur caspi, un esprit, l'Ona sur la terre sombre, une ombre, rien de plus... »

1. Esprits.

3

Dans le Hohopen, la montagne rouge sacrée, sur l'autre rive du grand lac, il était interdit de chasser le guanaco. Là, parmi les tribus qui survivaient encore, on racontait les forfaits de Cochon Rouge, un certain Mac Lelan qui en une saison de chasse à l'Indien avait gagné quatre cent douze livres sterling. Un sinistre exploit avait fait de lui le plus célèbre des chasseurs de Terre de Feu. Au sud du Río Grande, en bordure de l'estancia Primera Argentina, il avait invité des dizaines d'Indiens à manger des moutons grillés à la broche, copieusement arrosés de vin rouge acheté à la cantine du Pelé. A la fin de la beuverie il les avait tous tués à coups de fusil. Pour une oreille, les chasseurs d'Indiens touchaient une livre sterling, et deux livres lorsqu'ils rapportaient dans leurs besaces, tel un *fruit of London*, des organes qui prouvaient la mort de l'Indien. Durant un certain temps on avait vu, rôdant autour des clôtures, des Ona avec une seule oreille, ou amputés des deux, mais encore assez vivants pour continuer de voler des moutons. La bande de Mac Lelan était formée par un certain Díaz, par Kovacic, Niward et Sam Islop, tristement célèbre pour ses actes aberrants commis sur des cadavres de femmes assassinées.

Un jour, Sam rencontra Mac Lelan en train de vider une bouteille de gin et il lui demanda pourquoi il buvait tout ce gin plutôt que du whisky, ce à quoi Cochon Rouge répondit :

– Parce que je veux savoir qui est le plus fort : l'esprit ou la matière…

– Ne joue pas les idiots…
– Toi non plus, espèce de nécrophage…
– Qu'est-ce que c'est ?
– Les insectes qui pondent leurs œufs dans les cadavres.
– N'oublie pas pourquoi on t'appelle Cochon Rouge…
– A cause de ma moustache rousse…
– Taillée comme une queue de cheval.
– Ou comme la toison d'une jument sauvage.
– Tout peut arriver quand on est en manque ; mais je ne me suis jamais tapé une Indienne froide.
– C'est comme si elle dormait sur le dos.
– Les femmes ont le dos large.
– Ouais…
– Et l'homme ?
– Une merde… Les uns tuent des Indiens pour une livre ; c'est ce que d'autres gagnent avec un agneau ou la toison d'un mouton qui donne quatre kilos de laine… Les deux millions de moutons de la Sociedad Explotadora de Tierra del Fuego, ça fait deux millions de livres sterling par an. C'est comme si on ramassait le fric à la pelle, et moi, je n'ai que quatre cents livres pour boire du gin à la *pulperia*[1]… du gin que l'on décompte sur ma paie. Pulperia, ça vient de poulpe ?… Tu dois savoir ça, vieux Sam. Au fait, d'où te vient ce nom d'Islop ? Il y en a qui disent que tu t'appelles Islot… Au fond, tu n'es rien de plus qu'un « îlot » de merdes de guanacos blancs, de crottes de brebis, une vulgaire trace sur la grande Terre de Feu… c'est tout ce que tu es, un œuf merdeux de *caiquen*[2]…
– Fais gaffe, Cochon Rouge !
– Gaffe à quoi ?
– A ne pas aller trop loin… Tu en es à combien de bouteilles ?
– Une et demie…
Mac Lelan remplit son verre et le tendit à Sam. Celui-ci

1. Épicerie-buvette.
2. Oie sauvage.

le vida d'un trait et passa sa grosse langue sur sa moustache poivre et sel. Il était vêtu d'une veste de cuir noir et coiffé d'une casquette à oreillettes. C'était un homme grand, au visage carré et au nez écrasé. Mac Lelan avait le visage allongé, un teint réellement porcin, des yeux bleus liquides qui adoucissaient un front étroit et une tignasse rousse taillée à grands coups de ciseaux comme une crinière de cheval.

Peu après, Mac Lelan s'écroula sur sa chaise et roula sous la table. Il tenta de se relever, mais se cogna la tête contre le bois épais. Il gémit, puis se mit à sangloter.

– Ils arrivent, les voilà, ils arrivent !

– Qui ?

– Les Indiens, ils veulent me tuer... défends-moi, frère Sam, Sam Ilot... Toi, tu es un véritable Anglais, et moi, un pauvre Écossais...

Et il s'endormit en ronflant comme un porc. Ainsi s'achevaient la plupart du temps les beuveries de Cochon Rouge. Sam vida la bouteille. L'afflux d'alcool dans son sang fit surgir l'image d'un corps de femme à la peau brune, aux fesses nues, allongé à plat ventre dans l'herbe. Il jeta un coup d'œil à l'ivrogne affalé sous la table et pensa à cette nuit où Mac Lelan et lui, complètement soûls, tentaient de traverser le réfectoire. Le chasseur d'Indiens avait brusquement disparu. Parti à sa recherche, Sam l'avait trouvé à quatre pattes dans la porcherie, prêt à s'aventurer dans la bauge où dormait une grosse truie rouge, et il avait dû le tirer par les jambes afin de l'empêcher de se livrer à un acte bestial...

– A chaque porcelet sa mamelle, c'est la seule manière de téter ! avait-il grogné en citant les vers de « Martín Fierro ».

L'incident fut divulgué et valut à Mac Lelan le surnom de Cochon Rouge.

Venant d'Angleterre, Sam Islop avait débarqué à Montevideo, capitale de l'Uruguay, sur la rive nord du Río de la Plata. De là il partit aux îles Malouines, où il demeura quelque temps indécis ; puis pour Punta Arenas, sur le détroit de Magellan, et se joignit aux premiers éleveurs qui colonisèrent la Terre de Feu chilienne. C'était un aventurier, comme la plupart de ceux, ni bons ni mauvais, qui s'embarquaient à cette époque depuis les quais de Londres. Parfois, la nostalgie de sa lointaine Tamise lui faisait fredonner : *« Rule Britannia, rule the waves, Britons never will be slaves ! »*

Et il roula comme une grosse pierre dans les herbages fuégiens, de China Creek à Bahía Inútil et San Sebastián, aux alentours du Páramo.

Étrange région, ce Páramo. En des temps lointains elle était recouverte de glace et un soulèvement l'avait hissée au niveau de la mer. L'estancia de la Sociedad Explotadora de Tierra del Fuego s'étendait entre San Sebastián et Bahía Inútil, ainsi baptisée à cause d'une ceinture de récifs qui interdit l'entrée à marée basse aux bateaux de gros tonnage, lesquels sont ensuite tirés au sort pour être admis au mouillage de Caleta Josefina.

Lors d'une mi-novembre, Sam avait découvert au milieu d'une petite lagune, sur un îlot formé de plantes aquatiques, un nid de cygne coscoroba contenant huit œufs couverts de plumes et d'herbes sèches. Un couple de cygnes nageait à une certaine distance, le mâle lançant à intervalles réguliers le sifflement de deux notes qui le distingue du cygne à col noir. Sam s'éloigna prudemment et la femelle s'approcha du nid sur lequel elle se jeta avec voracité, dédaignant les œufs de caiquen, que l'on trouvait en abondance, pour ceux de cygne blanc qu'elle semblait n'avoir jamais goûtés.

Sam regarda autour de lui. A marée haute, Bahía Inútil resplendissait sous le soleil de novembre. Dans la baie, les vagues éclataient, ourlées d'écume et de tourbillons verts dont les irisations et les ombres paraissaient prolonger les herbages, où les bourgeons du printemps tardif se mêlaient au sépia hivernal des touffes de coiron. Un papillon vert-de-gris voletait autour de Sam qui l'emprisonna dans sa casquette ; mais lorsqu'il la souleva apparurent deux yeux de chouette crevés. Une étrange sensation s'empara de lui. Ce n'était pas un papillon ? Seul, au milieu de cet univers, il n'était qu'un point noir, comme sa casquette sur l'herbe. Jamais il n'avait cru en Dieu, bien que sa mère anglicane fût une femme très pieuse, là-bas dans le quartier londonien de Queensway. Il ressentit une solitude poignante, comme jamais cela ne lui était arrivé depuis son départ des Malouines. Il avait le cœur serré par une étrange main. Du cœur, il avait, une fois, été obligé d'en manger ; celui d'un cygne à col noir, à la chair aussi foncée que son plumage, et qui tenait dans son poing fermé. Oui, il l'avait soupesé, dans son poing fermé ! Le cœur de cygne était plus gros que le sien. Sa saveur était meilleure que la chair pâteuse du cygne blanc. Ce cœur avait un goût de terre et d'herbes. Il éprouva un sentiment de nostalgie navrant. Il tenta de chasser ses pensées et de ravaler ses larmes comme Cochon Rouge. Pourquoi Cochon Rouge pleurait-il chaque fois qu'il se soûlait après une chasse à l'Indien ? Et pourquoi avait-il pleuré au souvenir de ce premier Ona qu'il avait giflé pour lui voler les grandes araignées de mer qu'il rapportait des parcs de pêche de Bahía Inútil ?

Sam dirigea ses pas vers le même lieu. Il y avait des araignées, énormes, de celles qui remontent des profondeurs quand le mâle poursuit la femelle à la mi-novembre. Il arriva à la vaste plage jonchée d'ossements de baleines, de phoques, de dauphins, d'oiseaux morts, et soudain il vit, sur une pierre, un cormoran des Malouines, avec sa belle gorge blanche et ce long cou bleu acier au plumage chatoyant. Qu'était venu faire cet oiseau des Malouines en Terre de Feu ? Il se souvint que Mac Lelan, un jour qu'il était soûl, lui avait crié « Ilot de merde ! ». Il recula, pour ne pas effrayer l'oiseau qu'il avait si souvent contemplé sur les digues des Malouines, tout en fredonnant *« Rule Britannia, rule the waves… »*.

4

Les tempêtes qui rongent inlassablement le sommet du cap Horn redoublent de violence à mesure qu'elles se rapprochent de la Terre de Feu. Les rafales chargées d'aiguilles de glace obligent les bateaux à naviguer sous le vent. A l'ouest du cap, à l'extrémité de la péninsule Hardy, la montagne rouge plonge dans la mer comme une tête de rhinocéros sur le point de charger. Un piton rocheux se dresse comme une corne menaçante, et un autre rocher, qui émerge à peine, suggère l'autre corne de la bête et ses fosses nasales d'où semblent jaillir bourrasques et tornades. C'est le faux cap Horn, plus redouté par les navigateurs – comme tout ce qui est trompeur – que le véritable, dont le promontoire de quatre cent dix-sept mètres s'élève plus à l'est.

Les anciens capitaines de voiliers étaient jugés au nombre de fois qu'ils avaient doublé le cap Horn. C'était l'équivalent d'une décoration. Les livres de navigation, relatant les expériences de ces capitaines, conseillaient les mois d'été, décembre et janvier particulièrement, pour passer du Pacifique à l'Atlantique. Au-delà du cap, la route la plus favorable pour un bateau qui se dirige vers l'Atlantique Nord est celle qui prend à l'est des Malouines, en coupant les 50e et 45e parallèles sud par 51° et 45° ouest. Cette route contourne la limite occidentale de la région des icebergs, qui apparaissent occasionnellement à la latitude du cap, et beaucoup plus au nord, le long de la côte patagonienne dans les eaux de l'Atlantique. Certains ont été aperçus au sud-est des îles Ildefonso, à l'est de l'île de los Estados, au sud et à l'est des Malouines. La zone où parviennent les icebergs part des îles Diego Ramírez et passe par l'est des Malouines jusqu'aux 47e et 40e parallèles par 50° et 35° ouest. La taille de ces glaçons est parfois colossale ; on en a observé qui mesuraient de cinquante à cent kilomètres de long et atteignaient une hauteur supérieure à cent mètres.

Les icebergs, que l'on nomme aussi icebergs tabulaires, sont de véritables îles de glace. Ils ont des falaises à pic et sont si planes et lisses que le vent, qui dépasse dans ces régions les cent quarante kilomètres à l'heure, soulève une poussière de neige, le blizzard, qui les enveloppe et les transforme en de dangereux et lents vaisseaux fantômes, au tirant d'eau cinq à six fois supérieur à la masse blanche que l'on voit à la surface des eaux.

Tout aussi dangereuses que ces fantomatiques îles errantes, sont, à la hauteur du cap Horn, les tornades des cordillères. Au pied des versants, dans les anses, les criques et les canaux, ces rafales tourbillonnantes redoublent de violence. Elles se ruent des ravins, des gorges et des plateaux en un immense mugissement, balayant les forêts et miaulant sur les arêtes des rochers. Souvent, elles sont accompagnées d'une trombe d'eau ou de grêle tellement épaisse que l'horizon et la côte disparaissent à la vue. Elles soulèvent des gerbes d'écume et d'eau pulvérisée que le vent emporte à une vitesse folle. Le baromètre oscille comme si une onde troublait la surface du mercure. Puis la tornade s'éloigne et le calme revient. Les bateaux pris par le travers donnent de la gîte, chassent sur leur ancre, s'ils sont au mouillage, et raclent les fonds marins en de violentes embardées.

Ces effrayantes rafales, fantômes ululants et crépitants, se forment à onze milles au sud-est du cap Domingo et s'engouffrent dans l'embouchure du Río Grande, d'un demi-mille de large à marée haute et de moins d'un dixième à marée basse. Les récifs des deux rives du fleuve transforment cette symphonie venant du cap Horn en une assourdissante cacophonie qui résonnait épouvantablement sur le toit de zinc de la maison de Riera le Pelé.

Des bourrasques intermittentes frappaient violemment l'écurie, les portes et les volets, menaçant d'arracher la pancarte de l'auvent. Puis le calme revenait soudainement et on n'entendait plus que les craquements des solives qui reprenaient leur place sous la charpente, comme des os fendus ou désarticulés par les assauts du vent.

Une nuit, Esther réveilla son mari, alarmée par des gémissements venant de la pièce contiguë à la cuisine, où dormait Men Nar, qui était restée avec eux et les aidait dans les travaux domestiques.

Dehors régnait un calme cristallin ; dedans, une obscurité compacte. Mari et femme bâillèrent. Les gémissements de Men Nar se firent plus aigus.

– Va voir ce qu'elle a, l'Indienne.

– Elle a ce qu'elle a rapporté de cap Domingo, répliqua Esther. Je ne te l'avais pas dit ?

– Tu n'as pas arrêté de harceler le gringo Sterling avec cette histoire… Tu m'as même soupçonné…

– On ne sait jamais ce que peut faire un homme…

– Tu devrais avoir confiance en moi, depuis que je suis sorti vivant du *Gleneriff*.

– Il faut voir comment tu t'amuses avec cet œil de verre qu'ils t'ont fichu après le naufrage.

– Je me le suis fichu moi-même ! Et heureusement, j'avais mis à sécher un requin, pour offrir une perle à la femme qui m'aimerait…

– Mais une fois tu as bien failli me poignarder…

– Parce que tu t'es approchée sur la pointe des pieds du côté de mon œil de requin.

– En chemise de nuit pour t'emmener au lit…

– J'avais le couteau à la main. On ne sait jamais ce qui vous arrive par-derrière… Tu m'as fait peur. Un homme effrayé est pire qu'une femme…

– C'est comme ça qu'un matin ils ont poignardé l'administrateur de Caleta Josefina, sa femme et le cuisinier qui prenait son déjeuner.

– Les Indiens, ce sont les Indiens qui les ont cueillis au saut du lit...

– Sornettes ! Comme si je ne savais pas que ton vrai nom n'est pas Riera...

– Riera est mon surnom, tu le sais bien ; on m'appelait comme ça dans les estancias parce que je riais quand je leur racontais l'histoire de l'œil de requin...

Les gémissements de la jeune Indienne les firent taire.

– Va voir ce qu'elle a.

– Accompagne-moi avec la lanterne.

Dans la pièce voisine, Men Nar se plaignait, le dos appuyé contre le mur et les jambes écartées, assise sur trois moelleuses peaux de mouton en guise de matelas. Le Pelé illumina la scène avec sa lanterne. Et bientôt apparut entre les jambes de l'Indienne la petite tête obscure et tuméfiée d'un bébé qu'Esther palpa. Les gémissements de Men Nar se firent plus sourds. Le Pelé approcha la lanterne des mains de sa femme. La mère s'allongea sur sa couche et se cogna la tête contre une grosse planche ; elle cala sa nuque dans le coin de la cloison et commença de pousser. C'est ainsi qu'elle donna naissance à une petite fille qui se mit à vagir entre les mains d'Esther. Puis le cordon ombilical fut coupé et noué.

Dans la crevasse d'Hohopen, la Montagne Rouge, où était né Kuanip, au bord du lac Kahin-Cuen où les Ona interdisaient la chasse au guanaco, avait poussé une racine d'ombre et de lumière, rejeton de la vie écrasée entre glace et pierre, qui s'accrochait bec et ongles à d'autres vies, comme les arbres fuégiens tracent la limite de leur protection mutuelle au seuil de l'Antarticque.

Réconfortée par un bol de café chaud imposé par Esther, la mère donna le sein à sa fille, sans lui accorder un regard, comme s'il s'agissait d'un chiot de *visne,* le chien des indigènes.

Quand un nouveau-né mourait, les Indiennes Ona attrapaient aussitôt un de ces chiots et l'allaitaient comme un enfant. Si elles n'en trouvaient pas, elles se lacéraient les seins avec un coquillage tranchant ou avec la mâchoire d'un petit dauphin blanc, habituellement utilisée comme peigne. La femelle du pingouin royal qui pond un seul œuf recherche, lorsque celui-ci est dévoré par une mouette pillarde, une pierre qui ait la forme de son œuf perdu et se met à la couver avec une espérance têtue. Elle est souvent remplacée par le mâle, aussi grand qu'un enfant, qui se dandine avec sa mèche jaune – mèche qui le distingue des autres espèces.

Il se peut que de l'observation de ces faits étranges soit né le mythe de Kuanip, le grand héros des Ona. La vie est dure dans ces déserts glacés, et l'instinct de conservation est à la mesure de l'hostilité de la nature.

Le vent fouettait de nouveau le toit en tôle ondulée. Soudain Men Nar lança un cri.

– Siáskel... Siáskel ! cria-t-elle en écartant son sein de la bouche de l'enfant.

– Qu'est-ce qui se passe, elle t'a mordue ? demanda Esther qui appela le Pelé.

– Je ne comprends pas ce qu'a crié Mena ; elle appelle un certain Kiaskel, Cialkel ou Siáskel...

– Pas comprendre... Pas comprendre... Pas comprendre... proféra Men Nar.

– Quoi ? lança le Pelé d'une voix autoritaire.

L'Indienne désigna du doigt les yeux de l'enfant. Ils évoquaient deux flaques d'eau.

– Siáskel... Siáskel... répéta-t-elle tandis qu'elle détournait son regard du bébé aux cheveux couleur de paille, comme l'herbe coiron qui se redresse après la tempête.

– Ce ne serait pas un Mister quelque chose, ce Siáskel, un Mister qui lui aurait laissé un souvenir après la fusillade du cap Domingo ?

– On dit que le gringo Johnson de la Segunda était de la

partie… Il paraît qu'il ne regarde plus en face comme avant… il a toujours la tête penchée, comme s'il cherchait quelque chose… C'est García, l'épicier de l'estancia, qui raconte ça.

– Quelle coïncidence !

– Pourquoi ?

– Ce García, il s'appelle Manano comme l'Indienne.

– C'est toi qui le dis, tout comme tu as appelé Men Nar, Mena. Demain Sterling viendra peut-être, lui il connaît bien les Indiens, comme l'autre Malouin.

Men Nar continuait de nourrir son « chiot » ; mais elle détournait ses profonds yeux noirs des petites lueurs vertes qui brillaient sous les cheveux blonds.

5

En voyant l'Onaisin plongé dans la solitude, Timáukel envoya Quenós à la terre des glaces pour la peupler.

Quenós arriva au Kahin-Cuen, le grand lac. Il ramassa deux poignées de boue dans lesquelles il modela un membre masculin et un organe féminin. Il les laissa côte à côte et s'en alla. La nuit tomba ; le lendemain apparut le premier homme. A la fin de la nuit suivante apparut la première femme. Ainsi se peupla l'Onaisin. Ainsi le racontèrent Mimkiol Kaushel, Tenenesk et Anikin, à la veille des cérémonies du klóketen, pour lesquelles ils étaient descendus au cap Domingo, à la recherche de phoques et de cormorans, car ils n'avaient pas trouvé de guanaco.

Quenós partagea le monde. La terre d'ici pour les Selk'nam, les Ona, ce qui signifie simplement « homme ». Rapidement il y eut beaucoup de gens. En ce temps-là, la voûte céleste était beaucoup plus près de la terre. Avant d'y remonter, Quenós l'éleva à l'altitude qui est aujourd'hui la sienne. Et c'est là qu'il se trouve encore, sous la forme de la plus brillante des étoiles.

Quenós avait parcouru tout le territoire de l'Onaisin en compagnie de trois ancêtres. Ils étaient inséparables et ils étaient puissants. Ils faisaient partie des jon et des *hohuen* de cette époque ; les premiers ont plus de pouvoir que les hommes ordinaires, tandis que les seconds ont la faculté d'habiter auprès de Timáukel qui est un pur esprit. Quenós n'avait ni femme ni enfant. Un de ses compagnons était Tschenuke. Le nom des autres s'est perdu, mais quand Quenós prit de l'âge, il avait déjà de nombreux descendants. Comme il était vieux, il essaya de trouver le grand sommeil : le sommeil de la transformation, telle une chenille qui s'enferme dans un petit étui pour se réveiller au printemps transformée en un papillon qui s'envole. Ou comme l'herbe sous le ciel qui pousse avec des feuilles neuves quand les glaces se disloquent.

Quenós essaya plusieurs fois de s'endormir avant d'y parvenir. Il était allongé, raide comme un mort. Les trois autres voulurent l'imiter. Ils se couchèrent, immobiles ; ils restèrent longtemps ainsi, sombrèrent dans un profond sommeil, mais ne moururent pas. Quand ils se relevèrent, ils virent qu'ils n'avaient pas changé. De sorte qu'ils partirent, avec Quenós, en direction du nord. En chemin, ils se traînèrent, souffrant de leur grand âge. Ils parlaient à voix basse, n'échangeant que quelques mots ; ils étaient fatigués, épuisés, comme des moribonds. Arriva un moment où ils se firent envelopper dans des capes de guanaco et se couchèrent. Ainsi, ces quatre hommes restèrent allongés sur le sol, immobiles. Ils reçurent les mêmes attentions qu'un cadavre qu'on va enterrer. Mais quelques jours plus tard, ils recommencèrent à bouger. Ils n'étaient pas morts. Ils bougèrent d'abord très lentement, puis plus rapidement. Leurs lèvres prononcèrent quelques paroles à peine audibles, qui semblaient remonter des entrailles de la terre, puis venir de l'herbe. Finalement, ils se dressèrent sur leur séant et se mirent debout. Alors, chacun put voir les autres et tous contemplèrent ces quatre hommes. Chacun d'eux était revenu à la vie. Le peuple les avait pleurés, comme des enterrés vivants. Maintenant la joie éclatait. Ils se sentaient revivre, comme neufs après le long sommeil. Ils avaient enfin obtenu au nord ce qu'ils avaient tenté au sud de l'Onaisin.

Et il en fut de même pour tous les ancêtres. Celui qui devenait très vieux s'enveloppait dans sa cape de guanaco et s'allongeait sur le sol. Il gisait immobile, comme mort, et restait ainsi plusieurs jours. Il ne parlait pas et ne bougeait pas. Au bout d'un certain temps, il revenait à lui, bougeait un peu, remuait les lèvres et commençait à parler, à parler, à parler. Puis il se levait lentement et se sentait rajeuni.

Les gens se rendaient à la hutte de Quenós : « Réveille-les » lui disaient-ils, et Quenós les réveillait. A l'instant même la mauvaise odeur s'en allait et chacun retournait dans sa famille. Quand Quenós se trouvait dans le nord de l'Onaisin, il continuait de réveiller les morts, tant son pouvoir était grand. Et celui que Quenós réveillait recommençait à vivre, jusqu'à ce qu'il vieillît de nouveau et sombrât dans le grand sommeil. Celui qui ne voulait plus se réveiller se transformait en une colline qui rappelait sa forme, ou en caverne, en montagne, en oiseau, en rocher, en animal marin ou terrestre, parfois en vent. D'autres suivirent Quenós vers la voûte céleste, où il les guida, car il était l'étoile la plus grande et la plus mobile de sa constellation. D'autres enfin se muèrent en étoiles, nuages, poussières lumineuses de « l'île blanche qui est dans le ciel ».

Au temps des ancêtres, l'albatros survolait la mer ; et la chouette blanche, le hibou gris, l'aigle ratier, l'oie sauvage et une foule d'oiseaux survolaient la terre. De nombreux vieillards se transformèrent en oiseaux ou en vents et chacun s'en fut à sa place ; d'autres en poulpes, en méduses, en pingouins, en baleines, en dauphins blancs, en baleines tueuses. D'autres en sommets aussi beaux que Oichalá, Technol, E'wan, Silá et quelques autres. Ils restèrent longtemps, très longtemps sur notre terre…

La mer et le vent résonnaient comme des voix dans les oreilles de Men Nar. Les ombres de sang de ses ancêtres montaient et descendaient tandis qu'elle donnait le sein à son enfant. Du lointain passé elle revenait à la tragédie récente, ignorant l'avenir et celui de sa fille.

Comme Tóin était grand, vigoureux, et comme il était beau avec sa coiffe en peau de loutre et sa cape de guanaco ! Il avait un grand nez, des lèvres charnues et deux traits blancs qui partaient des narines pour rejoindre les oreilles parce qu'il était toujours de bonne humeur. Men Nar se souvenait que des traits rouges signifiaient qu'il partait à la chasse, des traits noirs qu'il était de mauvaise humeur. Tóin était un grand jon ; elle l'avait expliqué aux adolescents qui se tenaient sous le haut hêtre privé de ses feuilles. Ce jour-là, l'arbre grouillait de chenilles colorées. Vous les voyez ? Vous les voyez ? Elles aussi portent une petite cape, comme les hohuen ; en été ce seront des papillons qui s'envoleront... peut-être l'esprit d'un ancêtre... Ha ! ha ! ha !... elle entendait encore le rire moqueur de Tóin. Où était-il maintenant ? Il était tombé comme une ombre immense quand les étrangers lui avaient tiré dessus au cap Domingo...

Une balle siffla à ses oreilles, puis une autre, et une autre... elle se mit à courir, sautant sur les pierres, et les pierres sautaient elles aussi... Dans sa course folle le cordon de sa cape se défit et elle la perdit. Elle courut, courut vers la montagne qui s'élevait au bout de la prairie. Elle sentit un crépitement à son oreille ; non, c'était plutôt au pied... quelque chose se déchira. Elle tomba, nue, rampant dans les touffes d'herbe. Elle se traîna jusqu'aux champs de Río Chico. Maintenant il lui fallait parvenir aux combes de Río Grande, à la maison du Pelé... Elle l'avait vu porter sur sa tête d'énormes gerbes de foin... du foin pour la meule au pied de laquelle Esther l'avait trouvée... C'était là, dans les herbages du cap Domingo, que l'étranger l'avait frappée, piétinée comme si elle était un chien. Il l'avait retournée, excité ; deux fois, trois fois, il l'avait écrasée de tout son poids... le sang du pied se mêla à un autre sang... A la fin il lui mordit les lèvres et elle se mit à pleurer. Puis il l'abandonna, inerte, en disant : « *You cost me much more than a whore from Río Grande*[1]. »

Les filles de la Vieja Encaña ou de la Cinchón Tres Vueltas prenaient trois livres ou plus selon le cas et le temps.

L'implacable cupidité des éleveurs de bétail se rapprochait à pas de géant de Río Grande, où une compagnie avait installé des entrepôts frigorifiques pour conserver la viande de mouton et d'agneau envoyée directement à Londres sur de grands navires, tandis que la laine partait à Bradford.

1. « Tu me coûtes beaucoup plus cher qu'une putain de Río Grande. »

6

« A whore from Río Grande... » Ces étranges paroles n'avaient pas exactement tinté comme des livres sterling aux oreilles de Men Nar, après que le violeur eut remis le pied à l'étrier et fut reparti sur la trace de ses amis.

Cochon Rouge et Sam avaient attaché leurs besaces de toile sur la croupe des chevaux et, lorsque leur compagnon était resté derrière, ils l'avaient apostrophé :

– Tu serais capable de...

– Ce que fait Sam, un autre peut le faire...

– Le diable t'emporte !

Et ils le laissèrent seul. Il avait été chargé de se poster derrière un rocher qui surplombait le flanc de la montagne, d'où il pourrait tirer sur les Ona qui remontaient avec un chargement de phoques et de cormorans. Après avoir touché Tóin, il visa la jeune fille ; mais lorsque la cape de guanaco se détacha, il se trompa et tira sur la cape d'où venait de surgir une créature mi-homme mi-bête. Quand le point de mire de sa winchester se centra sur le corps nu de l'Indienne, sa vue se brouilla. Il fit feu plusieurs fois afin de ne pas alarmer ses acolytes. C'était sa première chasse à l'Indien. Il visa les pieds afin que sa proie, qui éveillait en lui d'autres instincts, ne s'échappât pas. Il avait entendu dire que l'on rencontrait dans la campagne des Indiens amputés des oreilles.

Entre les hautes herbes, Men Nar aperçut trois caranchos qui planaient au-dessus de la vingtaine de cadavres. Malgré son pied blessé, elle se traîna jusqu'à sa cape de guanaco. Elle s'en enveloppa et s'allongea de nouveau, visage tourné vers le ciel, épuisée, en sang. Le carancho est un oiseau couard, il ne s'attaque qu'aux animaux nouveau-nés, malades, ou blessés ; en quelques secondes il leur arrache les yeux, leur dévore le museau, la langue – son mets préféré – et leur ronge la tête jusqu'à la cervelle. Quand les brebis mettent bas, il se repaît du placenta et agresse les agneaux, profitant de la faiblesse des mères qui donnent parfois le jour à des jumeaux. Pendant la parturition, le carancho s'en prend aux organes génitaux des femelles et leur arrache les viscères qu'il emporte dans les airs comme de longs serpentins. C'est un oiseau rusé et perfide. Il assaille sa victime par-derrière, la frappant de son bec en un endroit vulnérable. Puis il s'écarte à quelques mètres pour revenir à l'assaut lorsque sa proie ne prend plus garde à lui. C'est sa manière de tuer pour se nourrir ; le carancho n'est pas un grand amateur de charogne.

Men Nar observa le vol sinueux des rapaces aux ailes brunes, à la crête rouge et à la panse cendrée. Elle restait impassible, le regard vers le ciel, sans comprendre ce qui lui était arrivé. Seule la douleur au pied et au ventre lui rappelait qu'elle était vivante. Tout le reste lui était indifférent ; les nuages, les oiseaux, les ombres immobiles, tout se confondait. Elle arracha un brin d'herbe qu'elle porta à ses lèvres, puis elle se mit à jouer avec d'autres herbes. Une grosse mouche verte des marais vint se poser sur une traînée sanglante… Men Nar mâchonnait de l'herbe comme les guanacos de la pampa.

Les ancêtres de l'Onaisin vivaient en Terre de Feu il y a cinq ou dix mille ans. Ils étaient douze, peut-être quinze mille à l'arrivée des chasseurs. Combien en restait-il maintenant ? Nul ne saura jamais combien de ces « agneaux de Dieu » ont disparu.

Un *polyborus plancus* descendit sur les ombres allongées dans l'herbe et s'approcha prudemment. Il donna un coup de bec et fit un saut en arrière. Puis il lança un cri strident pour prévenir ses comparses, qui le rejoignirent. Trois d'entre eux entourèrent un cadavre. Au milieu de tant de morts, ils se donnèrent du courage et se lancèrent à l'attaque quand ils furent certains qu'aucun corps ne bougeait. Leurs yeux étincelaient sous les crêtes rouges. Ils ne virent pas la jeune fille. Celle-ci, cachée dans l'herbe, continuait à les observer. Une bande d'une vingtaine de rapaces se rassembla. Les uns planaient tandis que d'autres fondaient sur les cadavres. Peu à peu, le ciel se remplissait d'ailes grises et rouges. La nuit fuégienne tombait lentement. Au bord de la mer, un chien perdu se mit soudain à hurler. Ce fut le seul témoin de la terreur et de la mort à l'œuvre ; il retournait dans ses forêts tandis que la jeune fille entrait dans une « civilisation » qui faisait fi des milliers d'années sans rapaces ni chasseurs d'hommes.

7

Tous les ancêtres avaient leur esprit ; mais Siáskel était contre l'esprit. Il avait une faim insatiable, vindicative, vicieuse, d'une cruauté sans pareille. Siáskel incarnait toute la force brute et destructrice de l'Onaisin. Son ombre gigantesque obscurcissait le ciel et la terre. Les habitants de l'Onaisin s'enfuyaient épouvantés à son approche, quand ses grands pas ébranlaient le sol et que ciel et terre se rejoignaient pour former la bouche d'une immense grotte. Ils s'enfuyaient avec femmes et enfants, chiens et guanacos. Les jambes de Siáskel étaient plus longues et plus grosses qu'un tronc de hêtre centenaire ; il pouvait de ses bras lancer très loin d'énormes rochers. Sa chevelure et sa barbe, noires et hirsutes, flottaient au vent comme des touffes de sargasses dont les racines emprisonnent les pierres au fond de l'eau, ou s'effrangeaient en nuées horribles dans le ciel tourmenté. Ses yeux lançaient des éclairs verts. Il était pareil au volcan, qui explose sous un glacier et qui emporte tout.

Ce géant se nourrissait de chair humaine, celle des femmes de préférence. Il y en avait toujours une embrochée, en train de rôtir, devant son feu. S'il rencontrait des enfants en chemin, il les étranglait en les pendant à sa ceinture et les gardait pour de plus tendres grillades. Ses chiens étaient dressés à la chasse à l'homme. Les hommes joignaient en vain leurs efforts pour tenter de l'abattre. Les flèches se brisaient sur la cuirasse de peaux humaines dont il se couvrait. Les jon avouaient leur impuissance ; l'art des jon reste sans effet sur ce qui est privé de toute humanité.

Un jour, le monstre captura les deux petits frères Sasán. Au lieu de les faire rôtir, il préféra les employer comme esclaves. Il les obligeait à vider le corps de ses victimes et leur donnait les entrailles à manger. Les frères Sasán étaient toujours éclaboussés de sang.

C'est alors qu'apparut Kuanip qui voulut attaquer le géant pour l'éliminer, puis se convainquit qu'une telle entreprise était vouée à l'échec. Tant d'autres avaient ainsi trouvé la mort. Mieux valait chercher une issue, non dans la terreur et la mort qui étaient les armes de Siáskel, mais dans un stratagème astucieux. Et plus encore que l'astuce, il fallait de l'intelligence, beaucoup d'intelligence. Les fauves sont rusés. L'homme possède l'intelligence ; grâce à elle il attend, il réfléchit, puis il agit. Siáskel ne pouvait être vaincu que par un piège soigneusement tendu, et le peuple de l'Onaisin serait enfin délivré. Kuanip se déguisa donc en vieux mendiant, pacifique et suppliant. Appuyé sur un bâton, il se présenta chez Siáskel et lui quémanda un peu de nourriture. A sa vue, le géant éclata de rire. Il s'approcha du vieux et lui tira moqueusement la barbe. Puis il se mit à l'examiner et à palper son corps. Enfin, il rit encore en se pinçant le nez, laissant entendre que sa proie ne l'intéressait guère ; d'un geste méprisant il lui montra l'arrière de sa cabane, tandis que de l'autre main il retournait le corps de la femme embrochée au-dessus du feu.

Kuanip se dirigea vers l'endroit que lui avait indiqué Siáskel, où il trouva les frères Sasán en train de laver les entrailles de la femme dans un ruisseau. Malgré sa répugnance, il s'approcha d'eux pour les aider. A voix basse, il leur demanda de continuer leur immonde besogne sans se troubler et de se moquer bruyamment de sa décrépitude afin que Siáskel n'ait pas de soupçon. Les frères Sasán obéirent. Tandis que les deux enfants criaient à tue-tête, Kuanip leur dit à l'oreille qu'il allait se poster non loin de là, et que lorsqu'ils entendraient dans la forêt le cri d'un perroquet trois fois lancé, ils devraient prendre la fuite jusqu'à une colline proche, où ils l'attendraient.

Réjoui de voir ses petits esclaves se moquer du vieillard, Siáskel partit d'un éclat de rire tonitruant. Il était satisfait de constater qu'ils adoptaient sa cruauté.

Kuanip prit congé de Siáskel en le remerciant de ses attentions, bien qu'il n'eût mangé ni viscères ni viande, se contentant de quelques champignons et feuilles de chou sauvage qu'il avait emportés. Siáskel dévora son rôti humain et s'endormit. Après la sieste, il se leva et sortit en quête de nouvelles proies pour le repas du soir. C'était sa tâche quotidienne. Le perroquet chanta trois fois dans la forêt. Les autres perroquets ne l'imitèrent pas. Obéissant au signal, les frères Sasán prirent la fuite. A son retour, Siáskel trouva la maison abandonnée. Le sang lui monta à la tête. Son visage prit la couleur de chair tuméfiée de ses victimes. Il hurla, frappa du pied. Ses rugissements traversèrent l'Onaisin. La terre trembla sous ses coups de pied. Quand sa furie s'apaisa, il se pencha pour examiner le sol, cherchant les traces des frères Sasán. Après l'averse tombée peu avant, les traces se détachaient nettement sur l'herbe. Il empoigna son énorme fronde et partit en chasse.

Entre la colline où se trouvait Kuanip et la demeure de Siáskel, coulait un large fleuve, infranchissable, au bord duquel Kuanip, qui connaissait bien le terrain, avait trouvé une cachette. Quand les frères Sasán furent en vue, Kuanip, grâce à son pouvoir de jon, rapprocha les deux rives et les gamins purent ainsi franchir le fleuve sans difficulté. Et avant que Siáskel n'arrive, Kuanip sépara de nouveau les deux rives. Le courant gonfla et le lit se creusa. Cependant, Siáskel s'avança dans le fleuve sans le moindre effort. Il était si grand que l'eau atteignait à peine sa ceinture. Autour de sa taille, accrochés au ceinturon, flottaient les pubis de ses victimes. Les sombres touffes, aux poils emmêlés par le courant, évoquaient la laine de guanaco lavée, ou encore les feuilles de calafate avec leurs fruits doux et bleutés.

Son plan ayant échoué, Kuanip eut une autre idée. Il transforma la rive sur laquelle il se trouvait en un marécage. Siáskel tenta de traverser cette longue étendue de boue. Il s'enlisa et parvint à grand-peine à arracher ses jambes à la succion de la fange. Les pas du monstre se firent plus lourds, plus lents. Il se fatiguait. Ses forces diminuaient mais il avait encore assez d'énergie pour franchir l'obstacle. Alors, Kuanip provoqua un grand froid et le marécage se mit à geler. Peu à peu, le géant s'immobilisa. De la taille aux pieds, il devint prisonnier des glaces. Les pubis des victimes entravaient ses mouvements. C'étaient maintenant de sombres poignards de poils d'océn, la baleine bleue, qui s'enfonçaient dans sa chair. Gelés, ses vêtements en peaux de cadavres se brisèrent. Se voyant perdu, il s'écria : « A l'aide ! Qu'on me sorte d'ici ! »

Kuanip, toujours déguisé en vieillard, sortit de sa cachette. Il lui proposa de le secourir en reconnaissance de l'hospitalité qu'il lui avait offerte ; il l'aiderait de toutes ses forces.

Siáskel se plaignit. Les grandes douleurs qu'il éprouvait l'angoissaient. Kuanip lui demanda où il souffrait. Siáskel lui montra le dos. Kuanip lui suggéra de s'allonger à plat ventre sur la glace. Ainsi se retrouva-t-il, honteusement courbé sur la glace. Dans cette position on aurait pu l'embrocher avec un bâton comme il le faisait avec les femmes. « Je vais poser un pied sur ton épaule pour apaiser tes douleurs, dit Kuanip ». Siáskel crut avoir affaire à un vieux jon. D'une main il tenta de lui montrer où il avait le plus mal. A cet instant, Kuanip se débarrassa de sa vieille cape rapée et se redressa avec toute l'aisance que permet un corps vigoureux. Du pied droit, il lui assena un violent coup de talon sur l'épine dorsale, qui lui brisa les vertèbres. Et Siáskel, le monstre qui mangeait des femmes, mourut enfin. L'Onaisin était libéré.

Les frères Sasán, qui avaient observé le combat du haut de la colline, revinrent en courant et, avant d'arriver, tirèrent deux coups de fronde avec des cailloux tranchants qui crevèrent les yeux du géant moribond. L'agonie fut brève ; mais le liquide des yeux coula sur la glace et c'est ainsi qu'à chaque printemps ces rétines enfouies se remettent à briller et à guetter entre les touffes d'herbe. De là proviennent ces taches vert-de-gris que l'on observe à la surface des eaux dormantes.

Peu après, des orbites vides de Siáskel s'envola une grosse mouche, de celles qui grouillent sur la chair en décomposition et les excréments : c'était le taon, tourment de ceux qui passent par ces lieux.

Le cadavre demeura jusqu'à nos jours dans la position où Kuanip l'avait tué. Une montagne porte son nom. Sa configuration donne une idée de l'extraordinaire taille de Siáskel. Le fleuve, lui, s'appelle Mac Lenan. Non loin de là, on peut encore voir la maison de Siáskel : un profond ravin. Les pierres alentour sont les os de ses victimes. Ce monstre bestial n'avait pas de caspi. L'esprit des vivants et celui des morts s'entendent toujours pour opposer le bien au mal.

8

Quand Men Nar allaitait sa fille devant la fenêtre de la cuisine du Pelé, surgissaient dans ses yeux gris-vert les reflets des herbes prisonnières de la glace qui affleurent au printemps. Seules les herbes avaient entendu « Tu me coûtes plus cher qu'une putain de Río Grande… ».

Le ciel prit l'aspect d'un immense œil crevé, opaque et gris, afin que Timáukel ne vît pas ce que les chasseurs avaient infligé à la tribu d'Anikin.

Aux caranchos s'étaient joints des aiglons à cururo, plus petits et à la queue rougeâtre, qui se nourrissent de ce rongeur au poil noir et lustré qui sort la nuit de son terrier, parfois l'après-midi, à l'abri des hautes herbes, traqué par la chouette des pailles ou l'épervier.

…Men Nar serra fortement le cordon de cuir qui retenait la cape de guanaco posée sur ses épaules. Elle jeta un regard furtif aux cadavres déchiquetés par les rapaces après avoir été profanés par les chasseurs, puis se tourna dans la direction opposée à celle que les trois hommes avaient prise, les deux premiers au galop et son violeur au trot, vers la section La Despedida. Elle se mit à courir le long de la côte vers le sud. Soudain, il lui sembla que le rocher rouge dressé à soixante-cinq mètres sous un ciel lugubre était Siáskel. La mer ressemblait à une plaine labourée par la clarté confuse de la nuit australe qui tombait.

Les semelles de ses mocassins de peau de guanaco se déchiraient. Le rivage écumeux se mit à tanguer et à tourner. Elle s'évanouit et tomba à plat ventre... jusqu'à ce qu'elle se réveille au pied de la meule où se trouvait la femme du Pelé.

– Koliote, boum boum !... Mourir tous... hommes, femmes, bébés, répétait-elle comme une rengaine chaque fois que quelqu'un l'interrogeait. Puis elle s'enfermait dans un mutisme minéral...

...C'était à l'époque où Krén et Krá[1] étaient de puissants jon. Krén avait hérité le pouvoir de son père Kranac-Hataij qui se transforma, le jour de sa mort, en « soleil ancien ». Krén était un grand chasseur de guanacos, bien bâti, agile, rapide, qui surpassait tous ses compagnons par son extraordinaire endurance pendant les longues marches. Il sautait d'un bord à l'autre d'un large précipice avec la plus grande aisance. Il était serviable, généreux, prévenant, drôle, toujours prêt à secourir le faible, et l'un des rares qui maintînt de bonnes relations avec Kuanip, méprisant les rumeurs qui circulaient à propos de l'étrange origine de celui qui avait affronté et vaincu Siáskel. Krén se maria avec Krá, une belle et attirante jeune fille.

Mais, avec le temps, Krá devint autoritaire, jalouse, irritable. Elle prétendait dominer Krén et le soumettre à ses caprices. Elle partait chasser le guanaco alors que la chasse était réservée aux hommes. Elle s'introduisait dans les foyers et intriguait avec les femmes, les détournant du droit chemin tracé par Quenós. Krén et Krá n'eurent qu'une seule fille, Tamtan, qui suivit l'exemple de sa mère.

Krén souffrit de ces humiliations, mais comme il était bon il faisait la sourde oreille ; il restait digne, évitant de déclencher toute scène désagréable. Il fut parfois sur le point de laisser éclater sa fureur, mais sa force et sa générosité lui permirent de se dominer.

1. Krén et Kra sont le soleil et la lune dans la mythologie ona.

Un jour, Krá rassembla les femmes. Elle leur parla longuement. Elle leur dit que la liberté dont jouissaient les hommes devait cesser et qu'il fallait instaurer un gouvernement où les femmes auraient le pouvoir. Ces prêches se déroulaient dans le plus grand secret. Krá savait qu'un tel ordre nouveau imposerait de changer ce que Quenós avait établi. Mais elle pensait que grâce à ses pouvoirs de jon féminin elle parviendrait à rallier toutes les femmes à sa cause. Et il en fut ainsi. Quelque temps plus tard, à la faveur de la nuit, les femmes quittèrent leurs foyers pour se retrouver dans une clairière où elles dressèrent un *jaind* [1], une grande tente, tendue par sept pieux, assez spacieuse pour les accueillir toutes. Au réveil, les hommes constatèrent que leurs femmes les avaient abandonnés. Leur peine fut immense. Un homme sans femme n'est rien, il disparaît, car c'est elle qui donne le jour aux hommes. Alors, ils se rendirent compte qu'ils les aimaient immensément. Certains éclatèrent en larmes, croyant qu'il leur était arrivé malheur. Comme ils étaient heureux avec elles ! Maintenant ils n'étaient plus rien, rien !... Seulement des hommes. De plus, entre la chasse, le foyer, les enfants, le dressage des chiens et les corvées d'eau, ils ne savaient plus où donner de la tête. Chacun faisait appel au voisin, mais celui-ci était tout autant harcelé par les mêmes problèmes. Et chacun demandait à l'autre s'il avait des nouvelles de sa femme. Le désespoir devint tourment. Comment imaginer un Onaisin peuplé d'hommes ? Cependant, quand ils apprirent que les femmes de tous les foyers avaient disparu, ils soupçonnèrent quelque chose de bizarre. Ils décidèrent de s'organiser et de partir tous ensemble à la recherche des disparues. C'est ainsi qu'ils arrivèrent dans la clairière où les femmes avaient dressé le grand jaind fait de peaux de guanacos solidement cousues avec les tendons. Ils entendirent des voix venant de l'intérieur. Étonnés, ils virent sortir de la tente des formes

1. Lieu d'initiation.

fantasmagoriques, dont certaines effrayantes. Toutes se présentaient le corps nu, bariolé de rayures et de cercles multicolores. De telles extravagances donnaient le vertige. Au lieu de visages, c'étaient des cagoules et des masques épouvantables. Du groupe se détachait une grande silhouette terminée par un masque et un long capuchon pointu ; il en émanait une beauté terrifiante. De fines plumes d'oiseaux couvraient son corps nu. Elle se mit à chanter comme un jon, d'une voix semblable au gargouillis de l'eau souterraine. Plus qu'une voix humaine, on aurait dit la plainte de la nature. « Je suis la source tarie de Hohopen, la Montagne Rouge... Je ne veux plus donner le jour à des hommes, mais à des femmes, seulement des femmes... Hohopen, Hohopen, je suis la source tarie qui a accouché de Kuanip, ah, ah, ah... ah, ah, ah... » Ce chant guttural qui semblait monter des profondeurs de la terre se déchira en un affreux croassement, tel celui des corbeaux de mer qui criaillent dans les arbres en les souillant afin qu'ils ne fleurissent pas et se dessèchent des racines à la cime.

Enfin, l'une de ces créatures expliqua aux hommes que dans le jaind vivait Hálpen, une femme au corps informe et gros comme une baleine, qui habitait sous la terre et se nourrissait de chair humaine, dévorant tous ceux qui passaient à sa portée. En amour elle avait une sensualité de fauve. Elle était insatiable. Elle épuisait la virilité de tous les hommes qu'elle capturait, avant de les dévorer. Copulations et meurtres se succédaient pour cette femme qui ressemblait à une grosse baleine bleue. Après l'amour, la seule façon d'apaiser sa faim était de lui donner de grandes quantités de chair de guanaco. Alors seulement elle cessait de pourchasser les hommes.

La créature racontait tout cela quand on entendit un formidable bruit venant du jaind. La terre commença de trembler. Un feu sulfureux et puant, crépitant de gerbes d'étincelles, jaillit hors de la grande tente. Les hommes pensèrent qu'Halpen était sortie de son immense demeure souterraine afin d'assouvir ses appétits. C'était une force démoniaque incontrôlable, un monstre d'horreurs enfouies, comme Siáskel l'était au grand jour. C'est alors que s'approcha un esprit masculin, Schoorte, qui se présenta comme le mari d'Halpen. La seule manière d'éviter d'être dévoré, dit-il, était d'obéir aveuglément non seulement à sa femme mais à toutes les femmes. Terrorisés, les hommes en firent serment au mari d'Halpen. Dès lors, ils commencèrent à cuisiner, à s'occuper des enfants et à se livrer à toutes sortes de tâches domestiques. On eût dit ces chiots que les femmes allaitaient quand mouraient leurs nouveau-nés.

Les femmes se mirent à chasser le guanaco, à s'exercer au tir à l'arc et à se distraire grâce au travail des hommes. Elles fabriquèrent des pointes de flèches semblables aux ornements de leurs colliers. Et bientôt elles dépassèrent les hommes en habileté, ruse et astuce. La crainte des hommes avait été telle qu'ils s'étaient résignés à la soumission. Cependant, deux d'entre eux, moins dociles, n'étaient pas convaincus de la réalité de ce qu'ils avaient vu. Ce qu'on entend s'oublie, dit Kuanip, ce qu'on voit reste en mémoire, et ce qu'on sait vraiment s'accomplit. Krén garda un silence méditatif. Tous deux commencèrent à tenir des réunions secrètes afin de réfléchir à la tournure des événements. Malgré leurs pouvoirs de jon, ils ne furent pas capables de comprendre ce qui s'était passé. Ils ne savaient pas pourquoi les femmes surpassaient dangereusement les hommes.

L'année suivante, elles les informèrent du retour de la femme-baleine, plus avide que jamais. Kuanip proposa alors à Krén de partir à la chasse au guanaco, malgré l'interdiction. Il voulait observer et comprendre ce qui se passait dans ce jaind.

Un jour, Krén rentrait chez lui, ployant sous le poids d'un énorme guanaco qu'il portait sur les épaules. Il s'allongea sous une salsepareille pour se reposer et s'endormit. Son sommeil ne dura guère : il fut réveillé par de joyeux éclats de voix de jeunes filles qui se baignaient dans les eaux cristallines d'un étang au pied d'une source. Krén cacha son guanaco et, dissimulé dans les hautes herbes, se prit à épier les deux joyeuses filles et à écouter leur bavardage. Elles sortirent de l'eau nues et s'assirent sur l'herbe. Elles étaient très belles. Le soleil et les ombres jouaient sur leur corps juvénile. Puis elles parlèrent à voix basse en regardant autour d'elles. La plus belle des deux se leva et commença de se peindre le corps, avec l'aide de sa compagne, plus jeune, qui lui enduisit de peinture le visage, le cou et le dos. De la taille jusqu'en haut elle se retrouva complètement rouge ; les avant-bras, les mains, les jambes et les pieds furent couverts de blanc et striés de fines franges rouges. Une ligne blanche descendait du cou entre les seins jusqu'à son petit pubis ; épaules et genoux furent peints en rouge sombre. La peinture était mélangée à de la graisse de guanaco. Sur cette graisse luisante, l'autre fille colla des plumes de canard chatoyantes le long des lignes blanches et des plumes vertes de perroquet, mouchetées de rouge, le long des rayures rouges. Le mouvement des épaules, des seins et des bras était magnifique. Le superbe corps de la jeune fille s'était mué en un corps emplumé. Enfin, un masque allongea ce beau visage caché. Quand les préparatifs de cet étrange accoutrement furent achevés, la svelte et gracieuse adolescente fit quelques pas, d'abord maladroits, rappelant des gestes et des postures d'enfant. Puis elle dansa, virevolta, au point qu'on eût dit un ballet d'oiseaux, de perruches et de perroquets, s'envolant en un tourbillon de couleurs.

Que signifiait tout cela ? Krén apprit que la jeune fille se préparait à jouer le rôle de Quetérnen.

Quetérnen avait été présenté aux hommes comme le fils d'Halpen et de Schoorte. Il était né alors que les femmes étaient absentes. Sa mère en fut tellement irritée qu'elle dévora tout être humain qui s'approchait. Les deux adolescentes se moquaient de la couardise des hommes devant les esprits, qui étaient en réalité leurs propres femmes déguisées. Elles avaient inventé ces créatures, dans le but de duper les hommes et de les soumettre. Krén comprit enfin et sa réaction ne se fit pas attendre. Il se redressa lentement dans l'herbe et apostropha rudement les jeunes filles, leur reprochant tant de perfidie. Les deux adolescentes contemplèrent admiratives la stature du chasseur, au carquois rempli de flèches et dont l'arc se détachait nettement dans le ciel bleu. Devant ces paroles sévères, une peur terrible s'empara d'elles. Elles se mirent à clamer qu'elles n'avaient que douze et treize ans et que c'étaient leurs aînées, sous les ordres de Krá, les responsables de la supercherie. Elles se recroquevillèrent en tremblant aux pieds de Krén et perdirent peu à peu leur figure humaine jusqu'à se transformer en deux *cooclol* au plumage gris tendre : des linottes. Et c'est ainsi que depuis les réprimandes de Krén, elles sont devenues deux petits oiseaux des lagunes et des arroyos qui tremblent timidement à l'approche d'un être humain ou au son d'une voix d'homme.

Krén révéla le secret à Kuanip. Ils délibérèrent et parvinrent à la conclusion que pareille duplicité méritait un châtiment exemplaire afin de rétablir l'ordre jadis instauré par Quenós. Kuanip fut partisan d'une action énergique et violente qui trancherait le maléfice à la racine. Krén, dans sa bonté naturelle, se refusait à faire preuve d'une telle rigueur. Ils envoyèrent des espions qui se cachaient dans les bois pour découvrir les manigances des femmes. Ils constatèrent que c'était Krá, la propre femme de Krén, qui dirigeait les opérations. Le paisible Krén en fut très irrité. Mais il fut au comble de l'indignation lorsque les femmes, lors du deuxième kloketen, feignirent d'avoir toutes été dévorées par la femme-baleine, disparaissant plusieurs jours dans la forêt pour ensuite revenir au jaind par petits groupes. Illuminant leurs huttes abandonnées, elles dirent que le bon Olín – un esprit de leur invention – les avait ressuscitées, tout comme

Quenós avait ressuscité les hommes. Krén en éprouva une telle fureur qu'il finit par accepter la proposition de Kuanip. Il fallait les condamner à la peine de mort afin d'en finir une fois pour toutes avec leur domination et leurs mystifications. Lorsqu'ils révélèrent la vérité aux autres hommes, ceux-ci jurèrent d'appliquer la résolution de Kuanip. Afin d'éviter une nouvelle surprise, ils envoyèrent Set à proximité du jaind, avec la mission de leur indiquer par un sifflement le moment propice à l'assaut contre la grande tente aux sept pieux. Lorsque tout fut prêt, ils s'approchèrent du jaind et l'encerclèrent afin que nulle femme ne pût s'enfuir. Stupéfaites, celles-ci virent les hommes les entourer. La panique monta à l'intérieur de la mystérieuse enceinte. Krá garda son calme, les incitant à ne pas perdre courage, car son pouvoir de jon était suffisant pour tenir tête aux hommes. Elle sortit de la tente déguisée en Schoorte, menaçant les hommes de la vengeance cruelle d'Halpen, qui était furieuse et disposée à dévorer tout le monde, hommes et femmes, s'ils ne se soumettaient pas à sa volonté. Et si les hommes ne restaient pas à bonne distance du jaind, une grande catastrophe menaçait l'Onaisin. On entendait à l'intérieur de la tente des croassements de corbeaux de mer. La menace resta sans effet. Les hommes continuèrent d'avancer. Set siffla le signal de l'attaque. Les hommes se précipitèrent armés de grosses pierres et de troncs d'arbre. Krén brandissait un énorme tison dont les flammes remplirent l'espace de nuages de fumée noire qui s'élevaient tels les champignons vénéneux de l'Onaisin. La bataille s'engagea. Les femmes se demandaient comment leur secret avait été découvert. Elles s'emparèrent de tous les objets contondants qui se trouvaient à leur portée, y compris des grosses pierres qui calaient les sept pieux de la tente. Elles se battirent, déguisées en esprits. Ce fut une extraordinaire mêlée de corps athlétiques et d'esprits dansants. Nul ne vit jamais pareil combat. A la force physique des hommes répondait la faiblesse subtile des femmes. Dans ce chaos où la vérité affrontait le mensonge et la trahison, on ne savait plus qui était qui, les hommes se mettaient à ressembler aux femmes et les femmes aux hommes. Les corps luttaient et se roulaient par terre. Au cours de l'affrontement quelqu'un perdit son masque. Krén reconnut Krá, sa femme, qui était à la tête du combat. Il se rua sur elle, son tison à la main. Krá résista un instant et se rendit compte que son mari était plus fort qu'elle. Alors elle prit la fuite, poursuivie par son mari. Chaque fois qu'il lui donnait un coup de tison, la terre et le ciel tremblaient épouvantablement. Les étoiles commencèrent à danser. Krá implora la clémence. Krén, furieux, redoubla de violence. Krá prit alors son envol. La nuit tombait sur le champ de bataille. Le corbeau de mer sortit de la tente en croassant. Le cormoran lança un cri de triomphe et Krén s'envola à son tour à la poursuite de sa femme...

Tous deux restèrent dans les hauteurs où Kren continue aujourd'hui encore de poursuivre sa femme. Krá disparaît parfois des jours entiers. Puis elle revient, offrant le contour lumineux d'une joue, puis son visage entier. Si l'on observe ses joues avec attention, on peut y lire tout ce qui s'est passé. Krén est toujours aussi clair, brillant, radieux que lorsqu'il vivait en Onaisin. Le comportement de Krá, en revanche, est différent. Parfois elle rougit, trahissant la rage qui la possède encore quand elle pense à la suprématie des hommes sur les femmes. Les taches sur son visage proviennent des coups de tison de Krén. On dirait que tous deux continuent de s'aimer et de se haïr comme à l'époque où Krén avait perdu patience et Krá perverti deux adolescentes de douze et treize ans, qui furent les seules que les hommes respectèrent et épargnèrent. Si son mari s'approche d'elle, Krá se montre maigre, faible, et perd de sa rondeur comme si elle voulait inspirer la pitié. Mais il vaut mieux ne pas se fier à elle, parce qu'à mesure que son mari s'éloigne elle se remet à grossir, à enfler de vanité et à retrouver l'orgueil qui était le sien en

Onaisin. Ses combats si lointains ne finissent jamais, entre lumière et ombre, ombre et lumière qui vont et viennent du matin au soir. Ombre de sang. Sang d'ombre. Elle devient très dangereuse si elle disparaît complètement, ce à quoi elle parvient en s'enduisant de charbon. Elle le fait dans le but de séduire à nouveau et de tromper. Quand cela arrive, il faut consulter les jon et demander qu'ils envoient leurs *huaiyuhuen*[1].

Mais le huaiyuhuen ne se commande pas, n'a rien à voir avec « celui qui vit au-delà des étoiles ». C'est ce que dit le kloketen rétabli par les hommes, selon ce qu'avait jadis ordonné Quenós quand Timáukel peupla l'Onaisin avec deux poignées de glaise arrachée de ses mains à la rive du grand lac Kahincuen.

1. Esprit d'un individu qui voyage et délivre prédictions et prémonitions.

9

Esther insista pour faire baptiser la petite fille à la mission que les salésiens avaient fondée à mi-chemin de Río Grande et de Río Chico. Les femmes qui y vivaient l'appelaient déjà la Mabel du Cap. Ce nom était venu à l'esprit d'Aïda Panconini, une blonde grande et maigre, autrefois pensionnaire de la Cinchón Tres Vueltas, en souvenir de sa belle petite fille, morte de tuberculose à Punta Arenas.

La mission de La Candelaria était une chapelle au clocher carré au sommet duquel se détachait le campanile formé de quatre poteaux et d'un joug d'où pendait la cloche que le vent faisait parfois sonner bien que le battant fût accroché à une poutre. Autour de la chapelle se dressaient les bâtiments qui abritaient les Indiens. Le père Zenone, lui, était surnommé *Ko-kosch* par les Indiens, ce qui voulait dire double face, car il était complètement chauve. Le prêtre, un homme d'âge moyen, souriait du sobriquet, sachant que les Indiens désignaient leurs êtres chers par quelque trait caractéristique. Eux en tout cas n'étaient pas chauves. Ils avaient baptisé le petit hameau autour de la chapelle *Keren-kam Ko-kosch,* « le village de Double Face ». La population se composait de deux ou trois prêtres de passage, en route vers leurs missions, de quelques religieuses, Filles de Maria Auxiliadora, qui s'occupaient des Indiennes âgées, et des Ona réfugiés, qui retournaient souvent à leurs errances dans les hautes régions de l'Ouest, où ils se trouvaient plus en sûreté que dans les plaines orientales de la Terre de Feu.

Les guanacos, les renards rouges et les cururos à la fourrure bleutée, qui creusent leurs terriers entre les racines du coiron, dont ils se nourrissent, fuyaient eux aussi les chasseurs.

Le père Zenone avait remplacé le père Giaccomuzzi, transféré à l'église d'Ushuaia, à l'extrême sud de l'île, où se dressait le grand bagne argentin.

Sur la rive sud du fleuve se trouvaient les abattoirs d'où partaient, à destination de l'Angleterre, la viande de mouton et d'agneau. Le bétail arrivait par un pont suspendu.

Grâce au port, Río Grande avait progressivement pris de l'importance. Mr Scott, le chargeur des estancias, s'était installé dans un beau bungalow non loin du hangar où étaient entreposés les ballots de peaux et de laine destinés à l'exportation. Tel le campanile de La Candelaria que l'on apercevait de loin en pleine pampa, le grand hangar avec ses ouvertures vitrées sur le toit de zinc évoquait une cathédrale consacrée au culte de « l'or doux », le guanaco blanc.

Missionnaires anglicans et catholiques œuvraient pour le salut des âmes, tant celles des indigènes que celles des colonisateurs qui servaient la bannière et les intérêts de leurs pays respectifs. Sangs et drapeaux de toutes origines faisaient de Río Grande un carrefour cosmopolite.

Le père Giaccomuzzi était natif d'une région annexée à l'Italie après la Première Guerre mondiale. C'était un homme maigre et court sur pattes, parlant d'une voix mélancolique, mécontent, semblait-il, de son transfert, à l'opposé du père Zenone qui arborait en permanence un sourire heureux. Il aimait le dénuement et la solitude de sa chapelle, c'est pourquoi les Indiens l'appelaient *Ompen*, ce qui signifiait « homme sombre ». Son affliction provenait du spectacle des traitements infligés aux Indiens, dont il avait été témoin dans la région du cap Domingo, ainsi qu'à Ushuaia, au « Pont des soupirs », où l'on entendait la nuit les plaintes des Indiennes violées.

Cet homme taciturne, au cœur solitaire et fervent, abritait une profonde compassion pour les indigènes, et sa grande piété ne parvenait pas à lui faire pardonner le comportement criminel des Européens en Terre de Feu.

Il cherchait, en ouvrant sa Bible au hasard, quelque parabole réconfortante et, tel un navigateur avec ses paramètres, il revenait inlassablement à saint Jean : « En vérité, je vous le dis : celui qui n'entre pas par la porte dans l'enclos des brebis, mais qui s'y introduit par un autre endroit, est un voleur et un larron. Mais celui qui entre par la porte est le pasteur des brebis. Les brebis reconnaissent sa voix ; il appelle ses propres brebis par leur nom, et il les fait sortir. Et lorsqu'il a fait sortir ses propres brebis, il va devant elles, et les brebis le suivent, parce qu'elles connaissent sa voix. Et elles ne suivent point un étranger, mais elles le fuient, parce qu'elles ne connaissent point la voix des étrangers… »

Les herbages qui nourrissaient le guanaco sont mis à feu et à sang par les étrangers, propriétaires du guanaco blanc, pensait Giaccomuzzi. « Le bon berger donne sa vie pour ses brebis… », les estancieros ôtaient la vie aux Ona pour les leurs… « Mais celui qui travaille seulement pour la paie abandonne les brebis lorsqu'il voit venir le loup et s'enfuit parce qu'il n'est pas le pasteur et parce que les brebis ne sont pas les siennes. »

« Homo homini lupus… » L'homme est un loup pour l'homme… Parole de Plaute. Ainsi pensaient les bergers qui conduisaient les troupeaux vers les entrepôts frigorifiques, et surnommaient « Judas » le mouton dressé que l'on envoyait à la rencontre du troupeau afin que les bêtes le suivent jusqu'à l'abattoir. C'était l'unique mouton castré qui restait gros, blanc, l'œil vif, et qui mourait de vieillesse.

De même que dans la mentalité « primitive » de Men Nar demeuraient Timáukel, Quenós, Siáskel et Kuanip, ainsi que le désarroi et le massacre de sa tribu, de même dans l'esprit « logique » du père Giaccomuzzi s'agitaient les tourbillons du déchirement européen et des guerres de l'empire austro-hongrois. Comme la Compagnie de Jésus au XVIe siècle ou l'ordre des Salésiens au XIXe siècle, fondé par Jean Bosco, avec l'aide du ministre libéral Cavour, le père Giaccomuzzi se plaçait sous la protection de la foi. Mais il flanchait parfois devant la cruauté des hommes. L'œuvre évangélisatrice s'étendait à cette époque jusqu'aux confins de l'Inde, en Chine, en Australie, au Congo belge, aux Magellanes, en Terre de Feu et sur l'île Dawson. Elle grandissait d'année en année parce que son action salvatrice en faveur des indigènes répondait avec abnégation à la nécessité de mettre un frein aux méfaits des colonisateurs.

A Río Grande, on avait installé une gendarmerie, une école publique d'enseignement primaire et un inspecteur forestier qui était le mari de la directrice. Si les entrepôts frigorifiques implantés en lisière de l'estancia Primera Argentina appartenaient à une compagnie anglo-chilienne et non anglo-argentine, ce n'était qu'une simple question de nom. En réalité, les actionnaires des sociétés d'élevage étaient les mêmes au Chili et en Argentine. De l'ingénieur roumain Julius Popper jusqu'au colon autrichien vivant dans un fjord ou sur un îlot du canal Beagle, tous hissaient les drapeaux argentins ou chiliens selon le pavillon des bateaux de passage, afin de vendre de la laine, des peaux et des agneaux. A Ultima Esperanza, un colon allemand conservait les trois drapeaux comme de précieuses reliques.

La pensée « logique » du père Double Face se trouva quelque peu dans l'embarras quand on lui présenta, au-dessus des fonts baptismaux, un nourrisson aux yeux couleur de terre et d'herbe fuégiennes, comme si le coiron avait bourgeonné pour recevoir le baptême.

– Qui est la mère ?

– Je suis la marraine... répondit Esther au prêtre.

– Et le parrain ?

– C'est moi, Arturo Stewart, dit le contremaître de Carmen Sylva.

– Et le père ?

– Moi, George Sterling, répondit le contremaître de La Despedida.

– Où est la mère ?

– Elle est restée pour surveiller la maison, dit le Pelé.

– Bon... marmonna le prêtre. Prénom et nom ?

– Georgina Mabel Sterling...

– Je ne me souviens pas d'une Mabel dans le livre des saints...

– Ce n'est pas un nom très saint, mais ce sont les gens de Río Grande qui l'ont appelée comme ça, avoua Arturo Stewart.

La cérémonie achevée, ils prirent le chemin du retour vers le port, les uns à cheval, les autres à pied. Le père adoptif de Georgina sortit des sacoches de sa monture une bouteille de White Horse pour les invités et une de Black and White pour offrir au parrain. Ces deux whiskies coûtaient à cette époque quatre et trois pesos et demi argentins la bouteille. Le même prix qu'un couteau à dépecer de la marque Eskilstuna, avec sa gaine et son fusil. Stewart gagnait cent vingt pesos comme contremaître de la section Carmen Sylva, et Sterling cent cinquante à La Despedida, plus le toit et une bonne nourriture, grâce auxquels leurs soldes s'accumulaient à la comptabilité.

A l'approche du village, le White Horse commençait à faire ses effets sur la jument alezane du Malouin originaire de l'île Kepell, où son père était missionnaire. La Molly était célèbre, car chaque fois que Sterling forçait sur le whisky il entrait dans le bar de la Vieja Encaña monté sur sa jument et commandait une marmite de punch pour tout le monde. Molly trempait d'abord ses lèvres puis venait le tour des clients. A ce moment-là, si les souris se mettaient à courir au grenier, Sterling sortait son colt à canon long et tirait quelques balles pour amuser le public et laisser quelques trous en souvenir.

Ce jour-là on entendit le lointain carillon du campanile

de la Candelaria, porté par le vent qui soufflait étrangement du cap Domingo. Ce n'étaient pas les errances nocturnes de Timáukel dans les herbages mais celles du vent qui fouettait le lointain campanile.

Il faisait nuit quand le père et le parrain de Georgina Sterling portant sa filleule dans ses bras prirent le chemin qui conduisait aux maisons closes. La vieille Polonaise, que les gardiens de troupeaux surnommaient la Cinchón Tres Vueltas, fut la première à sortir avec son embonpoint maternel à la rencontre de la fille de son client. Puis on fit défiler l'enfant devant les « Chiliennes » de la Vieja Encaña et ainsi, les gens des deux côtés des Andes se trouvèrent réunis pour une fête en l'honneur d'une nouvelle vie. Stewart, plus sérieux que son collègue malouin, remit Georgina entre les bras de la solitaire Men Nar, qui accueillit son enfant par la même litanie avec laquelle elle répondait aux curieux de la cantine du Pelé : « Pas compris..., pas compris... koliote boum boum... tous tués... »

10

Gemntana était le nom de l'engoulevent, un oiseau qui passe le plus clair de son temps à somnoler dans son nid ; Anikin, celui de l'oiseau-cloche, un échassier, dont le cri évoquant un son de cloche espacé, se fit entendre dans les parages de la grande drague abandonnée par les chercheurs d'or qui prospectaient le Río Rushpen et les berges du Río Chico au pied du cap Domingo.

– Cet Anikin me casse les pieds, dit Sterling, tandis que les deux compères chevauchaient côte à côte après la célébration du baptême de Georgina.

– C'est le Black contre le White qui te monte à la tête, répliqua Stewart, faisant allusion au whisky le plus répandu à Río Grande, où un Hollandais, Van Acken, le faisait venir par barils d'un gallon, moins cher qu'en bouteilles, mais plus raide et plus fort.

– Qui a inventé ce breuvage ?

– Celui qui a humé les premières herbes, commenta Stewart, qui ajouta : c'est ce que disait le révérend Sterling…

– Le distingué grand-père de Georgina Sterling !… Ça sonne bien, Sterling et Georgina…

– Ô Esther Lina !…

– Ne te moque pas du lignage de ma fille… Elle porte désormais mon nom et mon prénom.

– Et celui de Mabel du Cap…

– C'est un lignage plus noble que celui d'un petit-fils de chasseurs d'Indiens.

– Attention, prince de Galles !… répliqua Stewart

menaçant, saisissant son fouet par la longe et brandissant le manche à la manière des chasseurs de *chulengos* qui frappent l'animal sur le museau.

Ils étaient encore ivres des libations du baptême qui avait été suivi d'un festin d'agneau grillé, arrosé de vin, dans la cour de la maison du Pelé et s'était terminé chez la Cinchón Tres Vueltas.

– Pourquoi tu te fâches, Arturo ?

– Parce que tu m'as traité de petit-fils de chasseur d'Indiens.

– C'était pour rigoler ; j'aime bien dire « fils d'estanciero et descendant de chasseur d'Indiens ». Il y en a beaucoup qui s'en vantent, comme si c'étaient des titres de noblesse.

– Alors, tu ne savais pas que mon grand-père était… ?

– Quoi ?

– Mon second nom est Islet, transformé par mon grand-père en Islop, quand il est parti de Montevideo pour les Malouines.

– Je ne savais pas, pardonne-moi… Il… y a tellement d'histoires qui circulent parmi les marins, là-bas dans nos îles… Tu te souviens des vers du capitaine Ones ?

– Ones ou Ona ?

– Non, sérieusement, Ones est un nom authentiquement yankee, nord-américain.

– Je t'écoute.

– « L'aube de l'homme triste n'a d'autre abri que la boisson. / Les amis se retrouvent à la taverne et se disputent, se battent, se tirent dessus. / Les balles les traversent mais ne les blessent pas. »

– C'est comme ça qu'auraient dû être les balles du capitaine Ones destinées aux Ona !

– Allez, faisons la paix, Arturo ; si j'avais su, je n'aurais rien dit. On est comme des frères depuis l'enfance, quand tu aidais mon père à célébrer la messe à ma place… parce que je ne supportais pas d'être enfant de chœur

– Je me souviens maintenant que le capitaine Ones était un baleinier qui chassait dans l'Antarctique. Anikin... Anikin... Mais oui !... C'est une conversation que j'ai entendue à bord de la *Fair Rosamonde*, entre le révérend Sterling et Gunnar Andersson, le savant qui accompagnait Nordenskjöld dans son voyage au pôle Sud.

– Et moi, je me souviens de Gunnar Andersson. Il est venu à la maison. Il parlait à mon père d'un voyage qu'il avait fait de l'estancia des frères Bridges, à Puerto Harberton, jusqu'au lac Fagnano. Deux ou trois Ona qui travaillaient chez Bridges l'avaient accompagné. L'un d'eux s'appelait Anikin, c'est pourquoi j'avais ce nom en tête. Cet Andersson, c'est le même, je crois, qui a écrit à un mandarin qui gouvernait en Chine et qui l'a fait venir comme géologue. Une véritable *artic tern !* Tu sais, cette hirondelle de mer qui vole du pôle Nord au pôle Sud et inversement... Eh bien, le Suédois a volé d'une traite jusqu'à la grotte de Chou-k'ou-tien...

– C'est le premier à avoir flairé ce qui se cachait sous une mine de chaux en traversant le pont Marco Polo, près de Pékin.

– Comment tu sais ça ?

– Bah !... Chaque fois que je quittais mon ranch de brebis pour aider ton révérend de père à l'île Keppell, je restais dormir, le samedi, dans son bureau. J'allumais sa lampe à pétrole et je me mettais à lire les revues qui lui arrivaient d'Europe. Dans l'une d'elles on racontait que Gunnar Andersson avait remarqué que les Chinois extrayaient de la chaux des mines. « Ici, il y a plus que de la chaux ! » s'était-il exclamé. Et c'est comme ça qu'on a appris que le *sinanthropus pekinensis* avait été dévoré par le *pithecanthropus erectus*, lequel appréciait la cervelle de l'autre qu'il trouvait plus savoureuse...

– N'en rajoute pas !

– Nous sommes tous un peu savant, poète et fou !

Les deux hommes bavardaient au rythme du pas de

leurs chevaux qui semblaient comprendre que leurs maîtres étaient, comme eux, de bons amis.

Le croissant de lune commençait son ascension au-dessus des pâturages alors que le soleil tremblait encore dans les nébulosités du crépuscule. Une fois encore se rejouait en Onaisin le drame de Krén et de Krá. Au loin, des corbeaux de mer regagnaient en croassant leurs nids sur les falaises du cap Domingo.

– Je vais te faire un aveu, dit Sterling.

– Lequel ?

– Je ne voulais pas être enfant de chœur parce que je n'ai jamais pu croire en Dieu. Ce que l'homme cherche, c'est de quoi manger, un peu de plaisir et de l'argent pour continuer à manger un peu plus et un peu mieux... J'ai appris ça dans la sale tourbe des Malouines. Si demain je disparais, j'aurai au moins laissé mon nom à une femme. C'est pour ça que j'ai voulu être le père de Georgina alors que je n'avais pas touché Men Nar. Pourtant, la femme du Pelé ne m'a pas cru.

– Et pourquoi elle ne t'a pas cru ?

– Cette nuit-là j'étais resté jusqu'au matin avec la belle Elena, chez la Vieja Encaña. Elena c'est la plus jolie toison de guanaco qu'on puisse trouver dans le secteur...

– Et elle a le goût du guanaco ?

– Ne sois pas grossier... Je n'aime pas la vulgarité. Elena aurait été Miss Univers si ce salaud de Fernández, le briseur de grève, ne l'avait pas donnée en pâture aux bagnards d'Ushuaia...

– On dit que c'est elle qui a servi d'espionne pour l'évasion de Radowisky...

– Je connais l'histoire de Simon Radowisky aussi bien que celle d'Anikin et de Gunnar Andersson. J'ai une brochure là-dessus... Si tu veux, on s'arrête un moment à La Despedida, je te montrerai. Mais laisse-moi te raconter pourquoi Esther m'a soupçonné d'être le père de Georgina.

– C'est ce qu'on dit à Río Grande.

– Tu crois que j'ai participé à ce massacre d'Indiens ?

– Je te rends la pareille..., « estanciero et descendant de guanacos blancs ».

– Ma parole que non, Arthur.

– Oh, les paroles...

– Je revenais du bordel, à l'aube, et je suis tombé sur Men Nar qui allumait le feu dans la cuisine du Pelé. Je lui ai demandé de me faire griller quelques poisson-rois, gros comme des bars. Elle les a posés sur les braises. J'étais mort de faim ; j'ai mangé les trois poissons. Les effets de l'alcool commençaient à se dissiper. Men Nar s'est assise sur le banc du Pelé, derrière la cuisinière. Je me suis assis à côté d'elle et je lui ai tapoté la jambe. Elle m'a repoussé en se levant et en criant : « Koliote bandit... tuer tous, hommes, femmes, enfants ! » Au même instant est apparue Esther, qui nous épiait dans le couloir.

« Laissez l'Indienne tranquille... elle m'a dit. Ma maison n'est pas un bordel... Ici on n'est pas au cap Domingo. Je vous prenais pour un gentleman, pas comme ce mister Johnson quand votre tante est passée à la Segunda. » Et ce fut tout. Je n'ai jamais touché un cheveu de Men Nar, mais pour donner une bonne leçon à cette sournoise garce, je lui ai démontré que je pourrais être le père de Men Nar sans l'être. Je ne serais pas le premier. L'exemple a été donné par Federico Lawrence qui s'est marié avec Nelly Lawrence, laquelle a porté son nom jusqu'à sa mort. Sa deuxième femme était aussi indienne et elle lui a donné trois enfants. Avec la première il n'en avait pas eu. Pourquoi le fils du révérend Sterling n'aurait-il pas pu s'offrir le plaisir d'avoir une fille ? Elle n'est pas de mon sang, et c'est pourquoi je suis doublement son père !

– C'est pour ça que j'ai voulu être son parrain. Elle nous réunit, et si tu ne tiens pas le coup, moi je me chargerai de Georgina... Mais dis-moi, que s'est-il passé entre ta tante et Johnson ?

– C'est authentique : ma tante, une femme âgée, est

tombée gravement malade pendant que Fernández, le chauffeur, le mac de la belle Elena, la conduisait en auto de Porvenir à Río Grande. Craignant qu'elle ne meure en chemin d'une de ces coliques qu'on appelle « miserere », il l'a laissée à l'estancia sous la responsabilité de Johnson, le régisseur. Celui-ci, avant de se coucher, est allé lui demander si elle ne manquait de rien. Ma tante, qui n'ignorait pas la mauvaise réputation de Johnson, le pria d'avoir la bonté de se retirer, sinon elle allait déclencher un scandale... Il paraît que Johnson lui a répondu : « Madame, à votre âge, le temps des scandales est passé. »

– Il était allé voir si elle souffrait encore de l'estomac...

– Celui qui avait de l'estomac, et pour tout, c'était Johnson.

– Pour lui, n'importe quel sac troué est un poncho !

– Une fois, sur la *Fair Rosamonde,* j'ai vu le capitaine Wallis soigner une jeune Yaghan qui vomissait tripes et boyaux. L'Indienne le regardait comme un dieu à cause de ce qu'il faisait pour elle, jusqu'à ce qu'après lui avoir rincé la bouche il se mette à l'embrasser goulûment...

11

– Que s'est-il passé avec Radowisky ?

– Pendant que j'allume le feu pour préparer le maté, je vais te donner la brochure, dit Sterling en fouillant dans un meuble sur lequel il avait posé sa lampe à pétrole.

Stewart feuilleta d'un œil distrait un petit livre à la couverture rouge, bleu et blanc intitulé *USHUAIA ! Terre maudite !* Le titre surmontait la photographie d'un ensemble de baraquements de deux étages et du visage maigre d'un homme jeune, coiffé d'un képi bleu sans visière. En bas de page, on pouvait lire : « Vue du bagne d'Ushuaia, construit avec la pierre extraite de la carrière par les prisonniers. La muraille du fond est la neige éternelle. Alberto del Sar. Buenos Aires, 10 juillet 1924. Ateliers graphiques de David Gurfinkel, Montevideo 421. U. T. 2564, Libertad. »

Stewart posa ses yeux sur le premier paragraphe, que quelqu'un avait souligné :

« Le 1er mai, la police avait dispersé à coups de fusil une manifestation d'ouvriers Plaza Larea, aujourd'hui rebaptisée Congreso. Ce fut un terrible massacre. La Fédération ouvrière de la région Argentine avait organisé cette manifestation pour protester contre la mort des ouvriers de Chicago. Un des orateurs était en train de parler quand éclata un coup de revolver tiré par un policier. On entendit une sonnerie de clairon et, immédiatement, sans qu'il y eût la moindre provocation de la part des travailleurs, ceux-ci furent attaqués à coups de fusil par les soldats de l'escadron qui entourait la manifestation. La débandade fut horrible. Le chef de la police, le colonel Ramón Falcon, assistait à cet événement sanglant posté sur le trottoir de l'avenue Mayo, au coin de San José.

« Il était 14h 30 lorsque commença le massacre. Quelques minutes plus tard, l'Assistance civile enlevait de la chaussée huit ouvriers morts et cent quarante-six blessés, tous par balles. Parmi les morts figurait un vieillard. Cet événement sanglant produisit une terrible impression sur les ouvriers. L'Escadron de Sécurité pourchassa avec acharnement les fugitifs sans défense. Ils chargèrent à cheval dans les jardins de la Plaza de Mayo, où s'étaient réfugiés de nombreux blessés par balles et au sabre. L'indignation populaire fut immense. La presse condamna énergiquement la police. La responsabilité de ce massacre inutile, qui endeuilla les foyers ouvriers, retomba sur le colonel Ramón Falcon, chef de la police. Six mois plus tard se produisit la tragédie du 14 novembre, qui coûta la vie au colonel et à son secrétaire, Alberto Lartigau.

« En 1909, Simon Radowisky était un garçon de dix-huit ans. Originaire de Russie, il était arrivé en Argentine l'année précédente, avec un de ses frères, Gregorio, et se rendait à Rosario de Santa Fe, pour y exercer son métier de mécanicien. Peu de temps après, il revint à Buenos Aires, où il trouva du travail à l'atelier de Zamboni, situé calle Charcas au n° 1000. C'était encore un inconnu dans les cercles d'agitation politique, bien qu'il eût déjà participé à des grèves en Russie. Lors d'une révolte en 1905, une balle tirée par un cosaque l'avait atteint au poumon droit. Il s'était alors enfui en Allemagne, d'où il avait gagné l'Argentine. En Russie il s'était affilié aux sociaux-démocrates. En 1909 il ne militait pas dans les rangs anarchistes, et personne ne se doutait qu'indigné par le massacre du 1er mai il avait décidé de venger les travailleurs tombés. »

– Alors, comment tu le trouves, l'anarchiste ? demanda Sterling.

– Ici on dit qu'il n'était pas anarchiste.

– Tous les Russes le sont... Tu ne connais pas la section Rusfin ?

– De l'estancia Camerón ?

– Oui. Tu sais pourquoi la section porte ce nom ?

– Non.

– A cause d'un anarchiste russe qui travaillait à la drague de la Compagnie française de gisements aurifères. Il est tombé du haut de la tour et, dans sa chute, avant de s'écraser au sol, il a eu le temps de crier : « Rus...fin. » C'est tout ce qu'il a pu dire avant de mourir : « Russe...fin. » On prétend qu'il était anarchiste et qu'il haranguait les ouvriers parce que la direction, tenue par des Français, tardait trop à payer les salaires. La Compagnie était en fait dirigée par des escrocs qui déversaient, dans le Río Rusphen, des sables aurifères venus d'ailleurs. Le scandale a éclaté. On a démontré qu'ils extrayaient des sables aurifères du Río de Oro, qui débouche dans le détroit de Magellan par la baie Felipe. Les actionnaires de la société anonyme étaient tombés dans le panneau. Les escrocs, eux, avaient quitté Punta Arenas en douce et filé à Paris avec l'argent. Il n'est resté que cette immense drague, comme un monument en l'honneur du Russe et un sérieux avertissement à tous ceux qui préfèrent investir leurs économies dans le sable plutôt que dans les bêtes à laine. J'ai connu un autre Russe à Puerto Stanley ; il avait ouvert un atelier de mécanique après avoir roulé sa bosse dans le monde entier et fui la Russie par Vladivostok.

– Moi aussi, je l'ai connu ; un brave type, il jouait de la balalaïka et chantait des chansons de chez lui.

– Voyons, comment s'appelait-il ? Il était très connu au port... Les marins lui demandaient de jouer... Je le revois courbé sur son instrument, grattant les cordes avec un onglet en écaille de tortue. Il avait navigué en Océanie.

– Alex Kotelnikov Romanov ! s'écria Stewart en se frappant le front de la main, et il ajouta : On a passé de sacrés bons moments ensemble. C'était un grand type, mince, brun, aux yeux vert-olive. Il est parti à Punta Arenas, où il a épousé une Chilienne, et il a de nouveau ouvert un atelier de mécanique et de rechapage.

– C'est comme ça ; certains ne veulent pas savoir d'où ils sont venus et d'autres où ils vont s'arrêter.

– Le problème quand on s'arrête c'est de trouver un point d'appui pour rester debout.

– Surtout si on est arrêté net. Allez, bois le premier maté.

– Thanks, George.

Les deux Malouins se passèrent la petite calebasse de maté.

Stewart était de taille moyenne et avait des cheveux châtain clair, des yeux gris, le regard perçant, de grosses mains et des bras courts et musculeux. Sterling était grand et ressemblait vaguement au prince de Galles, dont les pensionnaires des bordels de Río Grande découpaient la photo dans les revues pour orner les murs de leur chambre et gloussaient en évoquant les penchants exhibitionnistes.

– Prends la brochure si tu veux. Moi, la politique ne m'intéresse pas. Mon père racontait que sur les bateaux de la marine anglaise le règlement autorisait les conversations à caractère religieux ou politique une heure par jour, une demi-heure après le déjeuner et une demi-heure après le dîner, pas davantage, notamment lors de longs voyages d'exploration.

– D'accord, je la prends... bien que je préfère les aventures de Buffalo Bill. Mais dis-moi, que sont devenus Andersson et l'Indien Anikin ?

– Ils ont fait un voyage ensemble, de Puerto Harberton jusqu'au mont Hohopen. C'est Andersson qui a dressé la carte de cette rive du lac Fagnano. C'était un bon géographe et un géologue.

– Je te demande ça, dit Stewart, parce que je l'ai un peu connu, lors d'une tempête, sur la *Fair Rosamonde* du capitaine Wallis. J'étais à l'époque apprenti berger chez les Mac Intosh. Il leur avait demandé de me laisser l'accompagner dans les îles, pendant qu'il attendait son bateau d'exploration l'*Antarctique*, celui qui s'est fracassé sur les icebergs. Andersson et ses compagnons ont dû s'enfuir sur les canots de sauvetage et se déplacer d'un iceberg à l'autre. Une nuit de tempête, la *Rosamonde* s'est échouée sur les récifs à l'entrée de Puerto Stanley. Le lendemain le Suédois est revenu accompagné du gérant de la *Sheep Farm*, des Malouines, propriétaire de la goélette, pour sauver ce qui pouvait encore l'être, ses notes en premier lieu. Tout ce qu'il observait, il le photographiait et le dessinait. De lui, j'ai au moins appris à me distraire avec les bestioles qu'on rencontre en chemin. Je me souviens encore de certains noms d'oiseaux.

– Lesquels ?

– L'outarde rouge, dite oie des Malouines : il l'avait baptisée *Chlœphaga rubidicipes*.

– On en voit par ici. Ses œufs sont meilleurs que ceux de l'oie sauvage.

– Il n'y pas beaucoup de différence avec les œufs de poule. A Carmen Sylva, je les enfouis dans un baril de chaux pour les conserver pendant l'hiver.

– Avec l'hiver, les oiseaux s'en vont.

– Pas ceux des Malouines.

– Tu veux dire des Falkland…

– Yes.

– Les flamants ont du mal à s'envoler quand les lagunes sont gelées. Moi, je vais patiner parfois au gué des cygnes, sur le Río Chico. Quand ils me voient arriver, ils essayent de s'envoler mais les pattes glissent sur la glace et je les attrape. Alors je les lève bien haut, je les lâche et ils s'envolent comme ça l'un après l'autre. J'aime bien les voir partir quand moi je ne peux pas…

– Moi aussi. Passe-moi le maté.

– Ils s'en vont, ils s'en vont tous… le flamant, l'hirondelle…

– Ils font moins de dégâts que les oies. Celles-là, elles se réunissent par milliers et peuvent dévaster un pâturage avant de s'envoler. Je me demande où elles vont. Les flamants se nourrissent de ce qu'ils trouvent dans la vase des rivières. Ils volent en bandes à la nouvelle lune. Les oies, elles, voyagent en formation triangulaire, les plus vieilles volent en pointe. Où peuvent-elles bien aller ?

– Peut-être au nord de l'Argentine, au Chili, au Brésil…

– Le capitaine Wallis parlait d'un lieu, en Inde, qu'on appelle « le paradis des flamants », parce qu'à une époque de l'année ils s'y retrouvent par milliers.

– Il exagère un peu ; il y en a peut-être des centaines. Wallis raconte toujours des histoires extravagantes sur l'Inde en hiver. Là-bas, on dirait que c'est toujours l'été.

– En tout cas, c'est ce que racontait le capitaine Wallis à Gunnar Andersson, qui souriait dans sa barbe et faisait la sourde oreille. Le révérend Sterling affirme que c'est Andersson qui a deviné qu'à Chou-k'ou-tien, l'homme de la grotte supérieure mangeait l'homme de la grotte inférieure, parce qu'il raffolait de la cervelle.

– Il était peut-être plus intelligent.

– Qui ?

– Celui de la grotte supérieure.

– Non, on s'est rendu compte que le cerveau de l'homme qui vivait dans la grotte inférieure était plus évolué.

– Allons donc ! Comment a-t-on pu dire une chose pareille ?

– A cause du crâne, de la calotte crânienne, comme on dit. Les circonvolutions du cerveau avaient laissé des traces. Elles étaient supérieures…

– Caïn et Abel : voilà l'explication.

– Ariel et Caliban…

– Ce sont plus ou moins les mêmes.

– Et nous, alors ! Heureusement que nous ne nous sommes pas battus en chemin.

– Ma cravache était prête, comme une mâchoire de cheval.

– Et moi, mon colt !

– Bon, on s'en jette un dernier ?

– Il me reste une mâchoire de White Horse, que je garde pour tuer les vers.

Sterling se leva pour chercher la bouteille de whisky, qu'il déboucha et passa à son ami.

– Histoire de faire passer le goût du maté.

– Emporte-la, je t'en fais cadeau. Prends aussi Radowisky, dit Sterling. Tu vas traverser le gué des cygnes au clair de lune.

– Je vais passer derrière les maisons de l'estancia. Je ne veux pas être vu par le jardinier ou par le trayeur. Ils sont toujours en train de lorgner, dès le matin, pour savoir qui passe par Río Grande ou qui revient du Río Chico.

– Good bye !

– Cheerio !

Arturo Stewart franchit le gué, les pieds presque posés sur la selle de son cheval. Chico était un bon alezan à la robe grise, de taille moyenne, qui n'avait pas peur de nager. Il progressait d'un pas ferme sur le lit de galets et, au besoin, il fendait les flots en ligne droite. Johnson passait parfois à cet endroit dans une vieille Ford déglinguée ; en hiver il roulait sur la glace. C'était l'unique gué de la rivière. L'autre, très éloigné, se trouvait à marée basse au cap Domingo.

Une fois traversée la rivière, qui séparait les estancias Segunda et Tercera Argentina, Stewart suivit la rive nord au trot. Au sommet d'un coteau il aperçut, dans la pâleur de l'aurore, le hameau aux toits rouges et aux murs jaune crème. Il songea aux flamants. Puis il poursuivit son chemin, coupant à travers des champs où paissaient des brebis. Dans les collines couvertes de mata negra, de romarin et de salsepareille, on entendait le chant des litornes montant du bord des arroyos, qui ruisselaient paresseusement des contreforts de la cordillère Carmen Sylva. Elles creusent parfois leur nid dans le sol, au milieu des herbes hautes, comme les rouges-gorges qui jaillissent des aubes grises de la Terre de Feu.

Arrivé au champ 23, il franchit la barrière et se retrouva sur ses terres. L'estancia, qui comptait vingt-quatre mille moutons, trois mille chevaux et deux mille bovins, était divisée en champs numérotés qui accueillaient trois à quatre mille moutons chacun. Les poulains et les juments sauvages s'enfuyaient sur les hauteurs de Carmen Sylva. Les chevaux dressés se trouvaient sous la responsabilité des gardiens de l'estancia. Il existait un pacte tacite entre contremaîtres, gardiens et bergers. Chacun s'occupait de ses bêtes et il était mal vu de se mêler des affaires des autres. De même que le mouton qui entraîne les brebis à l'abattoir était appelé « Judas », de même celui qui s'intéressait de trop près au secteur du voisin était qualifié d'« oreillard ». Nom également donné au chien qui a la mauvaise habitude de mordre les oreilles des agneaux, en cachette de son maître, pour faire avancer le troupeau.

Au fond de l'Atlantique lointain s'ouvrit une grande fleur de calafate. Stewart relâcha les rênes pour laisser Chico marcher au petit trot sous le soleil levant. Le cheval faisait de fréquents arrêts pour brouter les touffes d'herbe qui se dressaient entre les massifs de marguerites fuégiennes. Stewart sortit la brochure que lui avait donnée Sterling. Huit pages de papier jauni sur la couverture desquelles était marqué n° 1. Ce petit fascicule ressemblait à un roman-feuilleton. Au dos de la couverture figurait le sommaire du n° 2 : – La mort d'Alarcón – Ushuaia de loin – A l'intérieur d'Ushaia – Défilé d'habitants et de geôliers – Alarcón meurt brusquement au cachot – Le bagne – Régime – Le Turc Amado – Mis en vente à partir du 17 juillet dans tous les kiosques et librairies de la République – Prix 20 cts.

Dans la soirée, alors que Stewart fumait dans le petit réfectoire de la Section Trente, il reprit la brochure.

Fermín, le cuisinier, lui servait le repas dans cette pièce étroite, munie d'une fenêtre à l'est et d'une porte qui donnait sur le grand réfectoire. D'une haute colline broussailleuse descendait une piste qui conduisait les troupeaux vers les enclos et les hangars de tonte. Par la fenêtre on pouvait apercevoir tout cavalier ou bête qui traversait cette colline.

Arturo Stewart gardait un œil prudent sur la porte ouverte du réfectoire des péons et des gardiens, depuis l'incident avec Reyes, un gardien de troupeau qui, un matin, l'avait menacé de son fouet au manche en bois gainé de cuir brut. Ils avaient eu deux jours d'intense activité. Les rassemblements de moutons exigent que le contremaître soit au centre et les gardiens déployés en éventail à la périphérie du troupeau. C'est une opération qui obéit à des règles strictes où le hasard n'a pas sa place. Le travail le plus dur est celui du gardien et de ses chiens qui doivent monter et descendre la colline, le long de la clôture qui limite un espace de sept mille hectares de pâturages, de bosquets et de tourbières. Au cours de ces rassemblements, hommes et chiens s'épuisent à rechercher les moutons égarés dans les ravins pour les reconduire auprès du troupeau.

– Reyes, tu prends la clôture, avait ordonné Stewart ce matin-là en répartissant les tâches avant le départ.

– Qu'est-ce que tu dis, fils de pute ? s'exclama Reyes en décrochant son fouet de la selle et l'empoignant de manière menaçante.

Stewart, pâle, pensa le désarçonner. Reyes blémit lui aussi ; c'était un bon dresseur de chevaux, grand, maigre et osseux. Le contremaître et le gardien se mesurèrent du regard. Reyes avait toujours été le plus discret et le plus respectueux des hommes, et le meilleur rassembleur de troupeaux, qui laissait les terres qui lui étaient confiées dans un état exemplaire. Mais cette fois, un étrange éclat luisait dans ses yeux rougis par les vents fuégiens. C'était un homme mûr qui faisait face à un Stewart encore jeune et maladroit. Lequel comprit aussitôt son infériorité ; cinq hommes avaient arrêté leur monture dans l'attente du dénouement de cet étrange conflit. Jamais ils n'avaient vu un gardien affronter un contremaître. Quelle mouche avait donc piqué Reyes ?

– Vous resterez à la Section... Aujourd'hui, vous ne sortirez pas, ordonna Stewart d'une voix lente, cherchant à dissimuler son tremblement.

Il répartit de nouveau les tâches et, lorsqu'il demanda à José Barría de prendre la clôture, celui-ci lui expliqua :

– C'était mon tour aujourd'hui, parce que Reyes l'avait déjà fait deux fois... sans se plaindre ; ça lui plaisait de me remplacer à cause de mon âge.

Le lendemain, Stewart se rendit aux bureaux de l'estancia pour faire son rapport à l'administrateur Bucknell, un expert dans la classification des laines, qui dirigeait l'estancia d'une manière toute britannique.

– Reyes était notre meilleur dresseur de chevaux, mais à cause de son âge on l'a changé de poste. Il a vingt ans de travail derrière lui, dit l'Anglais au Malouin.

– D'accord, répondit Stewart : si Reyes ne s'en va pas, c'est moi qui pars.

Bucknell resta un moment indécis. Debout sous l'auvent, d'où il donnait ses ordres au personnel, il contempla la grande plaine qui s'étendait à l'infini. Il songea à cette époque lointaine où il était venu d'Angleterre pour vérifier les toisons de laine étalées sur la table de classification en fonction de la finesse et de la frisure des fibres... *« Half, three quarter, half... quarter »*, pensa-t-il avec nostalgie.

– Retournez à Carmen Sylva et dites à Reyes qu'il se présente au comptable et demande son compte, prononça Bucknell d'une voix mal assurée.

De retour à la Section, Stewart ordonna à Fermín, le cuisinier, qu'il informe Reyes de la décision de l'administrateur. Reyes prit donc ses deux chevaux personnels et libéra ses trois chiens attachés à leur niche. Et bientôt, sur la courbure de la colline se découpa la silhouette du cavalier suivi par trois points noirs.

Les nuages qui flottaient au-dessus de la cordillère évoquaient un troupeau d'agneaux que le vent poussait lentement vers la côte.

Le quatrième jour, apparut sur la piste un cavalier, suivi d'un cheval de trait et de trois chiens. C'était Reyes. A l'issue de la Grande Grève, au Chili, et de la révolte de Santa Cruz, en Patagonie argentine, au cours de laquelle plus de mille cinq cents ouvriers avaient été exécutés pour s'être rebellés contre leurs patrons qui ne les payaient plus, à cause de la crise de la laine à la fin de la Première Guerre mondiale, les conventions collectives stipulaient qu'un travailleur à la recherche d'un emploi avait droit à trois jours d'hébergement et de nourriture dans les bâtiments d'une estancia ou d'une section. S'il s'agissait d'un gardien de troupeaux, ce droit concernait également deux chevaux et deux chiens, car la qualité et l'habileté de ces derniers étaient le meilleur atout d'un homme en quête de travail.

Au moment de servir les côtes de mouton grillées, le ragoût et les fruits secs, Fermín conseilla discrètement à Stewart d'être prudent, car Reyes semblait être revenu avec de mauvaises intentions. Le cuisinier était un bon « oreillard ».

Stewart avait profondément regretté son erreur. Toutefois, il laissa ouverte la porte de séparation des deux réfectoires, et durant trois jours il garda son couteau à dépecer dans sa ceinture. Mais Reyes repartit comme il était venu, cette fois vers le nord, par la piste qui conduisait à la gargote du vieux Santiago Vrsalovic, vers les plages du Páramo. Il n'y eut pas d'adieux.

C'est pourquoi, se méfiant désormais de Fermín, un homme petit, vieux et gras comme un chapon, Stewart rangea la brochure *USHUAIA, Terre maudite !*, dont la couverture rouge, bleu et blanc pouvait attirer l'attention du cuisinier sur le visage du bagnard Radowisky dont le calot bleu à deux pointes ne ressemblait en rien au chapeau à large bord de Buffalo Bill, ou à la majestueuse coiffe de Sitting Bull, le grand chef indien. Ce genre de brochures, comme *Les Vingt-sept Manières d'aimer d'un jeune Paraguayen* ou des revues érotiques comme *Medianoche*, était la seule littérature qui circulait dans les estancias. Parfois, au réfectoire, les contremaîtres et les employés, qui n'avaient pas vu une femme ni pris de vacances depuis deux ans, décidaient par un vote démocratique de réquisitionner toutes les revues de femmes nues et de les brûler dans les cheminées de ces foyers privés de présence féminine. On aurait dit un rite de quelque peuple primitif, telles ces veuves se jetant sur les bûchers pour suivre leur mari dans l'autre monde. Un homme sans femme est la moitié d'un homme, un « pont sans parapet », disait-on. L'autre moitié est une ombre, et moins une ombre de sang que de semence perdue.

12

Arturo Stewart lut la tragique histoire de Radowisky, comme il avait lu naguère l'épopée du *Dernier des Mohicans* dans des fascicules édités à Barcelone et qui arrivaient à Río Grande, en provenance de Lisbonne, au milieu des sacs d'oignons destinés à l'épicerie de Raful et Roque.

Mais tel un ver de terre qui mange chaque jour une quantité équivalente à son poids, il se mit peu à peu à réfléchir à des choses auxquelles il n'avait jamais pensé là-bas, au milieu des tourbières de son archipel natal. Quand il avait accompagné Gunnar Andersson dans ses pérégrinations savantes, celui-ci lui avait appris l'existence d'un ver de terre qui, en hiver, demeurait dans sa chrysalide, sous le sol gelé, et cela jusqu'au dégel. C'est également ce qui se produit avec la graminée du coiron ; à travers les millénaires, cette herbe a acquis un métabolisme qui lui permet de résister au grand froid. Écrasée sous la plaque de glace, ses racines se défendent et se développent. Les plantes, comme les hommes, ont besoin de respirer, les unes sous la neige, les autres dans la forteresse de pierre et de chaux du bagne d'Ushuaia.

Arturo ignorait ce qui était arrivé à Chicago ce lointain 1er mai, qui avait valu à Simon Radowisky quinze ans de cachot à Ushuaia. Il reprit sa lecture :

« Le 14 novembre 1909, le colonel Ramón Falcon revenait du cimetière de la Recoleta de Buenos Aires, où il avait assisté aux funérailles d'Antonio Ballvé, directeur du pénitencier national, décédé la veille. Il se trouvait dans une voiture de police frappée de l'écusson argentin, tirée par deux fougueux chevaux conduits par Isidoro Ferrari, le cocher. Il était accompagné de son secrétaire, Alberto Lartigau. En face du numéro 445 de l'avenue Quintana, de la foule massée sur le trottoir jaillit une bombe qui tomba sur la voiture et explosa. Elle avait été lancée par Simon Radowisky, un spectateur parmi tant d'autres. Il était midi cinq. L'Assistance civile arriva quelques minutes plus tard pour secourir les blessés. Le colonel Falcon devait décéder deux heures après. Les dernières paroles qu'il adressa à un ami qui l'assistait furent : "Les risques du métier..." Une automobile du ministère de la Guerre, et une autre de la Compagnie des automobiles conduite par le chauffeur Furrier, se lancèrent à la poursuite du malfaiteur. Cerné, celui-ci sortit un revolver et se tira une balle dans le côté droit. Il s'effondra, blessé, et en quelques secondes ses poursuivants se jetèrent sur lui. C'était un jeune homme d'un mètre quatre-vingts, vêtu d'un costume noir et coiffé d'un chapeau de même couleur à large bord. Il portait un col relevé et une cravate verte. Il avait les cheveux blonds, des yeux bleus, le nez court, une bouche moyenne, le teint pâle et un corps musclé. Lorsqu'il l'accueillit, le gouverneur du pénitencier d'Ushuaia lui dit : "Je vous dompterai".

Quand on le sortit du cachot, on crut qu'il allait mourir. Squelettique, il avait tout d'un cadavre. »

Comme s'il chevauchait un alezan depuis qu'il avait quitté la section La Despedida, Stewart arrêta sa lecture nocturne. Il lui sembla qu'un aveugle donnait des coups de canne sur la palissade. C'était le cheval de garde qu'on laissait enfermé dans l'écurie pour introduire, le lendemain, le troupeau parmi lequel les gardiens choisiraient leurs chevaux. L'animal n'aimait pas être enfermé pendant que ses compagnons paissaient sous le fleuve d'étoiles de la Voie lactée. D'une niche s'éleva un gémissement de chiot auquel la mère répondit par un grognement. Un couple d'oiseaux-cloches avait fait son nid au sommet de la meule de foin. A la lumière de la lampe à pétrole, Arturo se mit à compter. Il avait plus ou moins l'âge de Radowisky lorsqu'il avait abandonné la maison paternelle pour s'en aller gagner sa vie au domaine des Mac Intosh qui possédaient environ trois mille brebis. Sa mère, Olivia, dut s'occuper seule de la petite gargote où elle vendait des cigarettes. Sa tante Josefina, liée au capitaine de corvette qui dirigeait les magasins des officiers de marine, était morte. Elle avait succombé à la tuberculose, laissant deux fillettes que le père n'avait pas reconnues parce qu'il était marié et que sa femme payait les études de leurs enfants à Londres. Stewart souffla dans le tube de la lampe en protégeant le bord avec la paume de sa main ; le verre émit un son étouffé de sirène de bateau. Ainsi s'était achevée, en un soupir, la vie de la tante Josefina qui avait tant aimé le fou rire des fillettes à chaque visite du capitaine de corvette de Puerto Stanley.

Le cheval de garde continuait à piaffer et à donner des coups de patte contre la palissade.

Stewart était tout autant ennemi de la tristesse que des joyeuses vociférations de Sterling. Le naufrage de la *Fair Rosamonde* lui avait appris ce qu'était une tempête en pleine mer au large des Malouines. Il se souvenait de Gunnar Andersson surgissant sur le pont pour interroger le capitaine Wallis à propos du temps. Les hommes de mer n'ont pas l'habitude d'avouer la proximité d'un danger ou la peur qu'ils éprouvent, et moins encore le capitaine d'une goélette de deux mâts taillés dans du bois léger. Ces bateaux-là peuvent résister aux tempêtes en haute mer, mais non aux récifs côtiers, et c'est ce qui advint la nuit où ils faisaient route entre l'île Keppell et Puerto Stanley. Soudain la tempête éclata. Quand le Suédois demanda son avis à Wallis, celui-ci eut un hochement de tête dubitatif, mais il le prévint que le danger se rapprochait. Brusquement les rochers ouvrirent une voie d'eau et il fallut abandonner le bateau sur-le-champ. La pauvre goélette échouée offrait un triste spectacle. Les algues *kelper,* qui peuvent atteindre des centaines de mètres, pénétraient déjà dans les déchirures de la coque et serpentaient entre les membrures. L'administrateur de la Compania Ganadera des îles Malouines dit à Andersson de ne pas se lamenter car la goélette pouvait être réparée. Le Suédois lui répondit qu'au cours de ses explorations dans l'océan arctique il n'avait jamais vu de vagues aussi hautes. L'administrateur raconta qu'un capitaine phoquier qui doublait le cap Horn, en direction des îles Diego Ramírez, avait vu une goélette de trois mâts perchée au sommet d'un rocher de quarante mètres. Des goélettes et de grands voiliers de quatre mâts comme le *Dreadnaught* avaient sombré corps et biens dans ces parages.

Andersson rassembla ses flacons de bestioles et de lichens pour partir à Stanley. L'administrateur de la Compagnie essayait de le distraire en lui racontant d'autres naufrages. Stewart se souvenait de l'un d'eux, particulièrement pathétique, car il avait révélé pour la première fois comment les navigateurs européens se comportaient avec les indigènes des archipels fuégiens. Dans les années 1598, 1599, des commerçants de Hollande et d'autres pays tout aussi « bas » projetèrent d'envoyer des bateaux dans les mers australes contre les Espagnols, à la suite de rapports de marins qui avaient navigué avec les corsaires Drake et Cavendish. Un ex-cantinier de Rotterdam, Oliverio Van Noort, connut la gloire et la misère d'être le quatrième navigateur à faire le tour du globe terrestre. Il était natif d'Utrecht et, très jeune encore, nourrissait des rêves de gloire. Les Hollandais avaient leurs propres « lois du voyage », dont certaines furent appliquées, dans le détroit de Magellan, contre les indigènes qui vivaient sur la côte. Ceux-ci eurent des gestes d'admiration ou de surprise, que le colérique « amiral » Van Noort interpréta comme des signes de défi. Il envoya à terre un détachement de mousquetaires qui cernèrent les Fuégiens dans une grotte des collines. Les Indiens, jusqu'au dernier, en défendirent l'entrée. Finalement, quand les cadavres jonchèrent le sol devant la grotte, les Hollandais comprirent l'héroïsme des Indiens. Ce n'était pas un trésor fabuleux, d'argent ou d'or, qu'ils avaient défendu, mais un groupe de femmes et d'enfants qui hurlaient de terreur. Les hommes de Van Noort tuèrent la plupart des femmes qui serraient leurs enfants contre elles, et sélectionnèrent quatre petits garçons et deux fillettes qu'ils emmenèrent à bord.

Ce massacre barbare dut traumatiser un des capitaines de la flotte. Oliverio Van Noort perdit une ancre dans le Détroit. Ces voiliers emportaient toujours dans la cale, au pied du mât de misaine, une ancre de rechange munie d'un grand jas. Van Noort ordonna à l'un de ses capitaines de faire transporter cette ancre sur le navire amiral. Craignant pour sa sécurité et celle de son équipage, le capitaine refusa d'obéir. Van Noort convoqua un tribunal qui condamna le rebelle à être débarqué sur la rive nord du Détroit, au-delà de l'île Dawson, là où se termine le continent, à proximité du cap Froward. Nul journal de bord ne signale ce que fut le destin de cet homme.

Arturo Stewart se réveilla en sursaut d'un cauchemar où d'immenses algues l'emprisonnaient et tentaient de l'entraîner dans les entrailles de la *Fair Rosamonde*. Dans cet étrange rêve était apparue sa mère, Olivia, en figure de proue d'un bateau naviguant entre les blocs de basalte et de granit du canal qui sépare les îles Falkland.

Trois longs coups de sifflet annoncèrent le lever du jour. C'était le signal des gardiens de troupeaux qui appelaient les chiens. Deux sifflements courts, le signal de départ. Fermín dit aux hommes qu'il avait vu la lampe allumée après minuit chez le contremaître, suggérant qu'on le laissât dormir tranquille. Après le déjeuner de flocons d'avoine, de côtelettes grillées et de café, les gardiens avaient rejoint leur poste de travail. Un long sifflement se fit encore entendre, destiné à quelque chien qui paressait dans sa niche.

13

Cuncta ferit, dum cuncta timet : « Il frappe sur toutes choses parce qu'il craint toutes choses », avait noté de sa fine écriture le révérend Sterling en marge d'une page de la brochure sur l'anarchiste Radowisky. Arturo connaissait l'écriture du missionnaire de l'île Keppell, au rivage couvert de gigantesques algues kelper, dont on pensait que venait le nom de l'île. George Sterling avait dû emprunter la brochure à son père. Des anarchistes, Arturo avait entendu Jesús Menéndez parler avec mépris : « Ils arrivent d'Espagne en jetant des bombes, puis ils se calment et certains finissent comme secrétaires des estancieros. »

Sans la traduction du révérend, il n'aurait pas compris grand-chose à toutes ces citations latines. *Et lupus, et turpes instant morientibus ursi*... « Le loup, l'ours et de moins nobles fauves harcèlent les moribonds. » Un certain Palacios, du bagne d'Ushuaia, faisait songer à l'un de ces fauves. Voici ce qu'en disait le texte :

« Il s'agit d'Espagnols originaires de la province de León et qui, probablement, avaient été des vagabonds ou des gardiens de chèvres. Ces hommes sont aujourd'hui les collaborateurs les plus efficaces de Palacios. Si Palacios ordonne au geôlier de priver, pendant trois jours, de pain et d'eau le détenu 119, un tel ordre, qui est un crime déguisé, est exécuté au pied de la lettre.

« Que Palacios ordonne qu'on prive le détenu 114 de ses couvertures, malgré une température de moins dix degrés, et García exécute immédiatement l'ordre de son chef. Il lui importe peu qu'un tel acte soit criminel. Ce gardien accomplit son devoir. En privant le détenu de ses couvertures, il le condamne à mourir de froid. Sa conscience ne s'insurge pas : Palacios a ordonné et il obéit.

« Inutile de dire que si Palacios ordonne une féroce volée de deux cents coups de bâton, ces infâmes sbires, soucieux de s'attirer les bonnes grâces du tyran, administrent au condamné deux cent dix coups. Depuis vingt ans, ces Espagnols de León se succèdent au bagne, monopolisant la triste fonction qu'ils accomplissent avec zèle. »

Dans la marge, le missionnaire anglais avait noté une autre citation latine : *Nec nisi bellante gaude service iuvenci...* « Ne va pas te réjouir de la nuque du taureau avant qu'il combatte. »

« Palacios, le terrible Palacios, le grand bourreau d'Ushuaia, n'entre jamais dans les bâtiments pénitentiaires. Il a peur. Les prisonniers le voient passer à l'extérieur de l'édifice. Mais Palacios règne grâce à sa bande d'Espagnols.

« Il semble que quelque chose tourmente Palacios. Il a demandé à la police de surveiller jour et nuit son domicile. Chez lui, il laisse la lumière allumée toute la nuit, aux frais de la prison. Jamais on ne voit Palacios traverser une rue d'Ushuaia. Pour pénétrer dans le bagne il passe devant une rangée de sentinelles.

« Simon Radowisky est fait du même bois que les apôtres qui prêchaient la religion chrétienne les premières années de sa propagation en Orient et à Rome. Il est à sa façon intolérant. Selon lui, l'humanité ne devrait pas connaître la douleur et l'injustice. Pour atteindre ce but, il est nécessaire d'éliminer les despotes, les improductifs, les parasites qui vivent sur le dos de la société comme un vampire ou une tique. Il est à ses yeux une mission sacrée, celle d'adoucir les souffrances de ses compagnons de bagne. Ce qui compte n'est pas son avenir personnel mais celui de l'humanité, des exploités qui doivent se révolter. Ainsi pense et agit Radowisky, d'après les témoignages recueillis auprès des quatre cents prisonniers qui purgent leur peine.

« En dépit des années de réclusion, de la privation d'air, de lumière, de protection, dont tout homme a besoin, Simon, le détenu 155, n'a rien perdu de sa fierté. Quand il entend les Espagnols torturer un prisonnier, il se met à crier : "Bourreaux ! Assassins !", ce qui lui vaut peu après un châtiment semblable. Il répudie la violence, la cruauté, le vol. Il pousse l'abnégation jusqu'à se défaire de tout ce qu'il possède pour le donner aux nécessiteux. Radowisky reçoit des colis que transportent les vapeurs qui se rendent à Ushuaia et les goélettes qui font le voyage de Punta Arenas à la capitale fuégienne. Ces colis contiennent des vêtements, des médicaments, du lait concentré, des conserves, des livres, des revues, tout ce qui peut adoucir la vie d'un homme dans ce bout du monde. Mais le détenu 155 distribue équitablement tout ce qu'il reçoit aux autres matricules qui sont des hommes comme lui. Si un détenu abat et découpe des arbres dans la forêt, et qu'il manque de sous-vêtements, Radowisky lui en donne. Aux malades il offre ses boîtes de lait, et ses bottes à ceux qui travaillent en forêt.

« En forêt, le travail forcé est dur. Il est très difficile, presque impossible de s'évader d'Ushuaia. Des montagnes couvertes de neige entourent le village. Certains détenus ont essayé en restant cachés dans la forêt, mais la faim et le froid les ont contraints à renoncer. On a retrouvé une fois un fugitif gelé, debout dans un trou creusé par la chaleur de son corps, le visage figé sur un rire découvrant toutes ses dents. Si les évadés survivent plus de deux jours, il est sûr qu'ils préféreront retourner au bagne. Si entre-temps des patrouilles sont parties à leur recherche, il est fort probable qu'elles les feront revenir à coups de fusil, à la manière des chasseurs d'Indiens. Avant 1918, et l'évasion de Radowisky, quatre détenus tentèrent de s'échapper en traversant la montagne. Ils marchèrent quatre jours entiers à travers bois. Finalement, à bout de force, ils se laissèrent tomber par terre et s'endormirent profondément. Dans la soirée, une patrouille de gendarmes les découvrit et, bien qu'ils fussent endormis, tira sur les corps immobiles. L'un mourut et les trois autres furent grièvement blessés. Le mort fut abandonné. La neige a dû le recouvrir et le dégel aura probablement précipité le cadavre dans la crevasse d'un glacier qui s'ouvre en éventail à l'approche du canal Beagle. Les trois blessés furent traînés jusqu'au local de la police où on les soigna. Plus tard, ils déclarèrent que la faim les avait épuisés et qu'ils avaient décidé de se laisser mourir dans la neige. Ils préféraient cette mort à l'interminable agonie du bagne.

« L'évasion de Simon Radowisky se déroula le 7 novembre 1918. Il travaillait ce jour-là dans l'atelier de mécanique de la prison. Un quart d'heure après son entrée dans l'atelier, Radowisky ressortait déguisé en gardien et franchissait tranquillement les postes de garde. Il se dirigea vers l'ouest, traversa le cimetière d'Ushuaia et emprunta la prolongation de la calle Maipú. Puis il traversa la péninsule et se rendit à l'endroit précis où l'attendait un petit cotre affrété par l'anarchiste Apolinario Barrera. Trois heures s'écoulèrent sans que les gardiens se rendissent compte de rien. Ce fut au moment de la sortie de l'atelier que l'on remarqua que Radowisky n'avait pas retiré sa plaque de pointage et qu'il avait disparu. Il s'était évadé habillé en gardien et enveloppé dans une longue cape comme on en portait à l'époque. L'uniforme appartenait à un gardien qui l'avait donné à laver à la blanchisserie, d'où il avait été remis au 155. D'autres versions affirment que le costume fut spécialement confectionné chez le tailleur pour Simon, puis dissimulé dans le tunnel de transmission de la scierie jusqu'au moment propice.

« L'impression causée par l'évasion de Radowisky fut désastreuse. Des patrouilles furent immédiatement lancées à sa poursuite. Quelqu'un jura de le tuer quand il le tiendrait dans sa ligne de mire. C'est au milieu de cette agitation qu'un gardien, qui surveillait un groupe de détenus en train de démolir le dernier fortin du bagne militaire, affirma avoir aperçu un homme en uniforme s'embarquer sur un cotre. Le bateau, poursuivit-il, avait aussitôt appareillé sur le canal Beagle, cap à l'ouest, en direction de Punta Arenas, capitale de la province chilienne des Magellanes.

« On abandonna l'idée d'envoyer des patrouilles. Il semblait désormais impossible de capturer le fugitif. La nouvelle fut immédiatement communiquée par radio à Punta Arenas afin qu'une vedette soit envoyée à la poursuite du cotre. Les Chiliens s'en emparèrent peu après et Radowisky retourna au bagne d'Ushuaia. »

Le fil de fer avec lequel on fouettait les prisonniers comme Radowisky était le même que celui qui servait à tendre les clôtures dans les estancias. La gaine de caoutchouc atténuait les traces laissées sur le corps.

C'étaient encore les silencieuses traces du guanaco blanc, pensa Arturo Stewart en abandonnant sa lecture. Il ferma les yeux et se revit derrière un troupeau, avec ses chiens, sur la piste poudreuse qui mène aux abattoirs de Río Grande, lesquels disposaient maintenant de leur propre embarcadère où se bousculaient les bêtes que le « Judas », gros et gras, conduisait à la mort.

14

Comment était-il possible qu'un tel univers existât si près de Río Grande ? se demandait Stewart. Et quelles surprises réservaient les espaces au-delà de la Terre de Feu et des îles Malouines ?

Les années passant, Georgina avait cessé d'être appelée la Mabel du Cap, pour devenir une magnifique et vive jeune fille au nez fin, à la chevelure dorée comme les herbes de l'automne, et d'une stature qui rappelait celle de ses ancêtres Ona. Elle servait à la cantine du Pelé, sous le regard d'Esther chargée de la caisse – et de l'or avec lequel payaient certains clients. Men Nar avait appris à préparer le ragoût de mouton, à faire griller les côtelettes de différentes manières, grâce aux conseils avisés de la maîtresse de maison et à ceux du Pelé en personne, lequel savait tout faire, notamment cuisiner les poissons et les mollusques qui abondaient à l'embouchure.

Tout allait bien pour lui, sa femme et la nouvelle famille qui s'était formée sous son toit depuis la découverte de Men Nar au pied de la meule de foin, découverte qui datait de treize ans maintenant. Il avait solidement attaché ces trésors tombés du ciel : deux servantes travaillant pour « le gîte et le couvert à prix unique », comme le promettait son écriteau.

La clientèle avait considérablement augmenté, en particulier celle des abattoirs, dont le pont suspendu et le quai réservé aux bateaux frigorifiques reliaient les routes maritimes et terrestres.

Les clients, contremaîtres ou employés, étaient des plus variés. Les uns partaient, d'autres étaient transférés, quelques-uns s'en allaient pour toujours ; mais tous, avec une grande correction britannique, réglaient leurs dettes. En dépit des horreurs et des erreurs commises, qu'il était préférable d'oublier pour garantir le bien-être commun, le pays connaissait un véritable élan de civilisation. Les frères salésiens et les missionnaires anglicans continuaient de sonner les cloches et de louer la *Fair Rosamonde,* réparée par le capitaine Wallis, qui l'aimait davantage que s'il en eût été le propriétaire, probablement à cause de son amour de la mer, de la navigation à voile et de son apprentissage de marin dans l'océan Indien. Équipée désormais d'un moteur auxiliaire, la goélette était souvent utilisée par le révérend Sterling, non pour transporter des brebis mais des Indiens Yaghan à l'île Keppell, où ils seraient catéchisés.

Maximiano, son ami chilote de Castro, après avoir été péon à l'estancia Primera Argentina, était devenu aide-comptable de l'estancia San Sebastián, de l'autre côté de la frontière, où la Sociedad Explotadora de la Tierra del Fuego avait développé le plus puissant empire de la Patagonie chilienne. Ses domaines dans l'île et sur le continent lui rapportaient de quoi nourrir et élever sans difficultés environ deux millions d'ovins. « Manano », comme Esther l'appelait, était capable de galoper de San Sebastián jusqu'à Río Grande pour venir la voir. Elle l'aimait comme un fils, ce fils qu'elle n'avait pas eu avec son « œil de requin ». Elle appelait tout aussi tendrement Men Nar sa « Menana ».

En treize ans, la vie avait changé. Les opinions contraires allaient et venaient tel le ressac à l'embouchure du fleuve. Manano prétendait que la Primera comptait cinq cent mille brebis, et le petit Pisano répliquait qu'il était fou, qu'il n'y en avait pas plus de deux cent quarante mille… Tommy Duncan possédait maintenant une selle anglaise en peau d'Indien au lieu de porc tanné. Elle avait été fabriquée par Tang Ming, un dresseur chinois de San Sebastián, qui utilisait une perche plutôt que le lasso. Il attrapait les chevaux en plein milieu du troupeau et, armé de sa perche terminée par une lanière de guanaco formant un nœud qu'il faisait glisser – à son insu –, à l'encolure de l'animal, il ressemblait davantage à un chasseur de papillons. Sinon, il les montait à cru en se laissant tomber à califourchon sur l'échine du cheval au moment où le troupeau était sur le point de s'élancer à travers champs. Ming, juché sur la palissade de l'enclos, se jetait sur la bête en s'accrochant à la crinière ; il devenait alors un homme-singe et voltigeait en l'air. C'était au Tibet qu'il avait appris à tanner des peaux humaines.

Il y avait de célèbres dresseurs tel Jackie Ford qui s'acharnait sur les têtes à coups de cravache, rendant les chevaux tellement vicieux qu'il était dangereux de les monter, ou encore le Grand Oyarzún dont les jambes et l'art du dressage les rendaient doux comme la soie.

Il fallait compter deux heures de cheval entre Río Grande et les bâtiments de Primera Argentina. Jadis, le bateau arrivait jusqu'à Puerto Golondrina, où débarquaient les gens des estancias. Ils accostaient maintenant au quai des abattoirs, et les carcasses de mouton et d'agneaux, les tripes congelées étaient transbordées des chambres froides aux cales du bateau.

C'est ainsi que Río Grande passa rapidement de cinquante maisons à cent, puis à plus de trois cents. Georgina Sterling, dont le père, qui venait rarement au village, semblait l'avoir oubliée, et dont le grand-père de l'île Keppell était un être aussi mythique que Quenós, grandit avec cette liberté de sauvageonne propre à l'absence de croyances et de préjugés, de famille, de race ou de classe sociale. Toutefois, certains faits s'étaient inscrits dans sa mémoire juvénile, mélange de vérité et de fiction, de racontars et de rumeurs qui circulaient sur son compte. Elle ne faisait guère confiance aux clients de passage, matelots, campagnards ou forestiers, pas plus qu'à ceux de son village natal, qu'il lui arrivait de regretter.

Un jour, elle entendit parler d'un certain John Bull, qu'elle confondit avec Juan Bulla, se souvenant de cette lassante ritournelle si souvent répétée par sa mère : « Koliote grand boum boum… tous mourir… hommes… femmes… enfants. »

« Mucha bulla, mucha bulla[1]*… »* A l'école, on n'enseignait que l'espagnol ; mais les mots anglais s'infiltraient dans la salle de classe, colportés par certaines de ses compagnes qui appelaient les Anglais les « Juan Bulla ».

Georgina aimait bien écouter un tango sur le phonographe d'Esther : « Indien, pourquoi m'as-tu volé / mon cheval brun / et toute la vie / condamné à marcher à pied ? ». Elle l'entonnait *sotto voce,* parce qu'à l'école elle n'était guère douée pour le chant – ni d'ailleurs pour le dessin. Seule l'arithmétique était son fort, grâce aux additions qu'elle effectuait tous les jours, en comptant sur ses doigts, à la cantine du Pelé.

Mais son univers se nourrissait de contes et de récits fantastiques. La fuite de Radowisky, capturé et renvoyé au bagne d'Ushuaia, était à ses yeux une légende semblable à celle du *Patmos,* secouru par le *Petricia.* Le Pelé savait ce que signifiait un incendie à bord d'un navire charbonnier : main droite mutilée, ne conservant que le pouce, un œil en moins et la moitié du visage brûlé. Un grand malheur ne provoque ni horreur, ni compassion, ni attendrissement grotesque, c'est simplement un malheur ; mais le Pelé avait eu le talent de transformer son malheur en atout. Il étonnait les clients et faisait rire Esther par une simple grimace au coin de ses lèvres brûlées ; et c'était de baisers de feu qu'il couvrait sa femme pendant les nuits d'orage à Río Grande.

La Terre de Feu n'avait pas réussi à étouffer ces braises amoureuses, rougeoyantes, quand Esther demandait à Georgina de mettre sur le phonographe le disque de sa chanson préférée, *Patagonie lointaine.*

1. « Trop de tapage, trop de tapage… »

15

A la mission salésienne de la Candelaria, on trouvait un petit livre à la couverture verte, renforcé de cuir jaune sur la tranche et aux coins, intitulé *Petites Fleurs sauvages*. Quelqu'un l'avait ainsi fait relier et offert au père Double Face. C'étaient de brèves annotations que le prêtre José Maria Beauvoir avait rapportées de ses pieuses pérégrinations chez les Indiens. On pouvait y lire la réponse de Mimkiol Kaushel, chef de tribu, au prêtre qui lui disait que tous les hommes sont frères : « Comment pourrions-nous être les frères de la race qui nous massacre ? » avait répliqué le chef Ona.

Lors de l'Exposition universelle de Paris, en 1899, dans une cage en fer montée sous une grande tente pavoisée d'oriflammes et de drapeaux bariolés, et surmontée d'écriteaux qui incitaient les visiteurs à acheter un billet, les Européens étaient conviés à découvrir des « anthropophages de la Terre de Feu ».

Une providentielle coïncidence voulut que le père Beauvoir se trouvât à ce moment-là dans la Ville Lumière. Visitant la célèbre exposition, qui attirait des touristes du monde entier, il tomba sur la tente de ces « cannibales », de la langue desquels il avait déjà établi un petit dictionnaire.

Ainsi put-il engager avec les Ona un dialogue dans leur langue.

– Que faites-vous ici ? Comment êtes-vous arrivés ?

– On nous a capturés et emmenés.

– Qui ?

– Des chasseurs.

– Vous voulez rentrer chez vous ?

– Oui, oui ! s'exclamèrent-ils avec des larmes de joie, devant cet homme qui, à Paris, leur parlait dans leur propre langue…

– Bon, jouez le jeu, restez tranquilles… Je vais vous sortir de là et vous ramener au pays.

Les « anthropophages » songèrent peut-être à Kuanip et aux frères Sasán qui avaient un jour libéré leur peuple grâce à un habile stratagème.

– Au revoir.

– Au revoir.

Le père Beauvoir se rendit immédiatement auprès du ministre plénipotentiaire du Chili en France, Gonzalo Bulnes, qui le reçut avec déférence. A la suite de quoi, Bulnes eut une entrevue avec le ministre français des Affaires étrangères, au cours de laquelle il protesta contre ce qu'il considérait comme une atteinte aux droits de l'homme. Il réclama la libération des Ona encagés, qu'ils soient placés sous la tutelle du prêtre salésien, et enfin une sanction contre les chasseurs scélérats. Profitant de la lenteur bureaucratique, le coupable et ses complices s'enfuirent en Belgique, laissant la porte de la cage ouverte.

Outre sa rencontre avec Kaushel et les Ona de Paris, le père Beauvoir rapportait, dans son petit livre, une conversation avec un chef indien qui, contemplant les milliers de moutons parqués derrière les barbelés, où auparavant paissaient les guanacos, s'exclama : « Comment aussi peu d'hommes peuvent-ils posséder autant de guanacos blancs et empêcher de se nourrir ceux qui ont été les maîtres de ces prairies ? »

Avant Martín Gusinde et le père Beauvoir, des savants avaient prouvé que les Ona n'étaient pas anthropophages et menaient une existence parfaitement organisée, fondée sur la chasse et la cueillette. Leurs territoires étaient répartis d'un commun accord entre les différents clans, et nul ne tuait pour s'approprier la chasse d'autrui. Ils ne connaissaient pas l'agriculture, mais l'Onaisin et ses plages les avaient nourris pendant des milliers d'années, jusqu'à ce que débarquent les chasseurs blancs.

A la fin de ses études à l'école de Río Grande, Georgina était considérée comme la meilleure élève, en particulier pour sa rapidité à calculer sur ses doigts. Si ses connaissances venaient à flancher devant le tableau noir, elle effaçait tout, d'un coup d'éponge, et commençait, avec ses mains, un ballet d'éventails qui faisait rire la maîtresse et les élèves : elle levait le pouce gauche ou droit selon qu'elle ajoutait ou retranchait, afin d'obtenir le résultat. La maîtresse découvrit dans ses poches des petits morceaux de quartz polis par la rivière, à l'aide desquels elle faisait ses opérations, comme elle l'avait vu faire aux bergers qui comptaient leurs bêtes dans les enclos avant de les laisser franchir le pont qui conduisait à l'abattoir. Ils rassemblaient le troupeau derrière la clôture et le faisaient avancer, sous l'aboiement des chiens, en groupes de deux, de trois ou cinq moutons. Elle observait attentivement George Sterling, son père adoptif, dont elle admirait la façon qu'il avait de faire passer les petites pierres d'une poche à l'autre. On voyait qu'il comptait en additionnant les bêtes par groupes, après avoir évalué ceux-ci d'un coup d'œil. Dix, vingt, cinquante agneaux franchissaient le seuil des enclos de l'abattoir. Mais, outre les petites pierres rondes qu'elle cachait dans ses poches, Georgina semblait dotée d'un troisième œil ouvert sur les étoiles de la Voie lactée qu'elle comparait à un troupeau entrant dans la chambre froide de « la grande île blanche qui est au milieu du ciel ».

La sagacité avec laquelle elle répondait aux questions devint proverbiale. A une de ses compagnes qui voulait savoir pourquoi on l'appelait la « Mabel del Cabo », elle répondit que c'était parce que le cabot de la gendarmerie avait l'habitude de l'appeler ma belle. D'autres, nouveaux venus, étaient persuadés qu'elle était effectivement la fille du caporal. Quand la maîtresse invita ses élèves à se décrire elles-mêmes, Georgina fit un célèbre autoportrait : « J'ai les cheveux verts… » commença-t-elle, ce qui provoqua un éclat de rire général. Tous contemplèrent sa chevelure dorée comme l'herbe fuégienne. La pédagogue de Buenos Aires fit taire son petit monde et expliqua que ce pouvait être un cas de daltonisme, ou la vision d'une artiste ayant un regard très personnel sur les couleurs, tels les enfants qui ne voient et ne dessinent que ce qu'ils veulent voir. Georgina attachait ses cheveux avec une fine lanière de tendon de guanaco, avec lequel on fait des rênes ou des gaines de cravache. On la surnomma « queue-de-cheval verte ». On l'appelait aussi « l'Antipode ». La maîtresse avait un jour expliqué que ce mot s'applique à tout habitant du globe terrestre par rapport à celui qui vit en un lieu diamétralement opposé. La Terre de Feu est aux antipodes de la Mongolie, où l'on trouve des ruminants de la famille des camélidés ressemblant aux guanacos mais beaucoup plus grands. Georgina avait alors dit qu'il y avait là-bas une fille aux cheveux verts, comme elle… et qu'un jour elle partirait à sa recherche… Les gamines sortirent de classe en lui criant qu'elle était « antipode »… plutôt qu'antipathique.

Un après-midi à la fin de l'hiver, alors que les collines gelées commençent à fondre et à gonfler les eaux du fleuve, arriva chez le Pelé un homme de taille moyenne, au large dos voûté, aux yeux humides et papillotants, qui dit s'appeler Alvaro Bonet. Il portait sur ses épaules un ballot de peaux de loutres et de renards rouges, à la façon d'un sac à dos. Il avait une veste en peau de renard, une longue chevelure blonde et blanche bordait sa calvitie, et une barbe broussailleuse envahissait son visage. Ses yeux luisaient comme l'herbe après la pluie. Ses pantalons râpés aux genoux et rentrés dans de gros godillots conservaient une raie rougeâtre sur la couture qui avait naguère été bleue. Un bonnet à l'indienne en peau de guanaco terminé en pointe et un bâton taillé dans une racine d'arbre complétaient cette tenue qu'on eût jugée extravagante en tout lieu, sauf à Río Grande où débarquaient des personnages hors du commun. Il déposa son fardeau au pied du comptoir et commanda à Georgina un verre de whisky. La jeune fille lui remplit le verre à ras bord. Il but à petites gorgées en les savourant et fredonnant : « Le whisky est la vie de l'homme, John / Je boirai du whisky chaque fois que je pourrai / Un whisky pour moi John /Ouais, à cause du whisky j'ai vendu ma veste / J'ai vendu mon pantalon / Whisky pour moi, John.../ Encore un autre, John.../ Pour me remettre à flot... »

La jeune fille lui remplit de nouveau le verre. Pendant ce temps, Esther était entrée, moins inquiète des bruits de bouche du client que de la proximité du tiroir-caisse placé sous le comptoir.

L'homme aux fourrures contempla la volumineuse femme des pieds à la tête, avec un regard étonné. Une respiration profonde dilata les poumons de l'un et les seins de l'autre. Un souffle de méfiance passa entre eux.

– Je viens du mont Olivia et j'aimerais manger un bon ragoût, si vous pouviez faire ça pour moi.

– Vous en voulez combien ?

– Un demi-faitout, au moins. Il y a si longtemps que je n'ai pas mangé de la bonne viande ! Du céleri sauvage, des feuilles crues et les restes des renards, c'est tout ce qu'on trouve là-haut !

– Dis à Mena de préparer du ragoût avec de la *castradina*.

La castradina est une espèce de jambon de vieux mouton qui ne donne plus de graisse. La fabrique de graisse des abattoirs les vendait à un prix dérisoire. Le Pelé les fumait à l'herbe sèche dans un fourneau. Parfois il enfouissait les gigots sous la neige et ainsi la vieille viande prenait une meilleure saveur et une consistance plus tendre.

Le Pelé entra dans la salle et prit une bouteille sous le comptoir en bois, propre comme un pont de navire lavé à grande eau. Il versa dans un verre un liquide trouble qui était de l'alcool de fraise des bois.

– Merci, mais je n'en ai pas demandé, dit Alvaro Bonet en opposant un refus courtois.

– Offert par la maison !

Bonet remercia de nouveau et contempla, avec un sourire discret, le visage cramoisi du Pelé, qui lui proposa :

– Une partie de dés en attendant le ragoût ? La viande est un peu dure, ça risque de prendre du temps.

– Je veux bien, mais ça fait un moment que je n'ai pas joué. Je ne me souviens que des majeures et des mineures.

– C'est comme au poker.

– Les mineures vont jusqu'au six ; les majeures, du huit au douze et le sept pour le maître de maison...

– Chaque fois que vous frapperez à ma porte, vous trouverez un whisky pour votre Johnny ! dit le Pelé en secouant le cornet à dés.

– Ne confondez pas votre Johnny avec mon John.

Esther murmura quelque chose à l'oreille de Georgina et, peu après, Men Nar apparut avec une marmite fumante de ragoût aux patates et aux carottes.

– *Yeper no kar kuachen* (La viande n'est pas mauvaise)... dit le nouveau venu à Men Nar, dans sa propre langue.

– *Como kren kan warrpen* (Comme le soleil est en train de se coucher), répondit-elle.

Le Pelé, sa femme et Georgina se regardèrent, étonnés de cet échange spontané entre Alvaro et Men Nar. Bonet mangeait et se resservait copieusement, à l'aide d'une cuiller au bord si tranchant qu'elle lui servait en même temps de couteau. Puis il poussa un soupir de satisfaction, se signa et inclina la tête. Il récitait un Notre Père, *in medias res,* car après avoir jeté un regard à la marmite il se resservit une autre platée de ragoût.

– C'est combien, demanda-t-il ?

– Cinq pesos tout rond, en comptant les whiskies perdus aux dés, répondit le Pelé.

Georgina s'approcha pour prendre l'argent. Bonet brandit un billet comme une banderille, tandis que la jeune fille restait immobile, la main tendue.

– *Koor uomska chen yekura* (On va au nord).

– *Yi aam yashiken* (En hiver, avec ma mère), répondit la gamine, soutenant le regard luisant d'Alvaro Bonet.

Esther observa le billet en transparence dans tous les sens avant de le déposer dans le tiroir-caisse et de rendre la monnaie en pièces de nickel. Elle avait compté quatre pesos cinquante ; Alvaro donna la monnaie à Georgina.

– Merci beaucoup, *kon* (docteur).

– On ne dit pas *kon,* mais *jon.*

– *Chaan ?*

– Un peu docteur et un peu jon... c'est ça, c'est ça, plus ou moins.

– *Shon ?...*

– Ciel.

– *Otrr ?...*

– Œil.

– *Choo ?*

– Corps.

– *Sheem ?*

– Bouche.

– *Chaai ?*

– Lèvres.

– *Moal ?*

– Tête de femme.

– *Caalits ?*

– Tête d'homme.

– *Laal ?*

– Ma fille... la la la... entonna Bonet.

– *Yi naa ?*

– Épouse.

– *Jaind ?*

– Collège.

Le Pelé et sa femme n'en revenaient pas de ce dialogue. Leur cantine s'était transformée en école de langues.

La prosodie ne coïncide pas toujours avec la graphie ; la langue ona possède des sons qui ne correspondent pas aux lettres du castillan. En outre, la fréquentation d'Anglais, de Yougoslaves et de Scandinaves produisait des confusions non seulement dans le cas des lettres k, q, j, v, w, mais aussi avec le h aspiré.

Tout comme une simple poignée de terre, selon la légende de l'Onaisin, avait donné naissance à l'homme, les paroles et leurs lettres ont des humbles origines. « Maman » est un mot presque universel et *hee* n'est rien d'autre que la douleur d'où Ovide a tiré ses *Élégies*. Les mécanismes du langage sont les mêmes chez l'homme le plus primitif que chez le plus civilisé, et la pensée précède la parole, avec ou sans la logique. C'est pourquoi certains êtres comprennent les voix de la nature sans pouvoir les traduire.

Georgina, qui conservait dans sa mémoire des paroles apprises de sa mère, et qu'elle gardait secrètes, venait de révéler malgré elle son trésor à cet étranger, qui lui rappelait Kuanip déguisé en mendiant pour vaincre Siáskel.

Un autre après-midi, arriva un homme au front haut, couvert d'un gros manteau noir ; il avait une calvitie récente et un regard profond qui disait que ce vaste front ne pouvait dissimuler de viles pensées. D'après ce qu'on disait, c'était un grand professeur de l'université de la Plata, le Dr Rojas. Afin de pouvoir loger les gens du cotre qui l'avait ramené d'Ushuaia, le Pelé et sa femme installèrent Rojas dans la chambre de Bonet.

– Je suis un ex-détenu d'Ushuaia, dit tranquillement Alvaro Bonet à son voisin avant de s'endormir.

– Et moi, je viens de terminer une période de relégation.

Tous deux regardaient en silence les planches vertes du plafond. Une lampe à paraffine projetait leurs ombres sur les murs sales de la pièce.

– Vous avez connu Nelly Lawrence ? demanda le Dr Rojas d'une voix claire.

– Non, mais je sais que c'était une amie du père Martín.

– Oui, ils étaient bons amis, parce que tant le prêtre que l'Indienne Yámana respectaient les croyances religieuses de l'autre. Elle croyait au « Grand Assassin » du cap Horn et lui tout simplement en Dieu, sans adjectif.

– Ça, je ne le savais pas.

– Tout comme les Ona ont leur Timáukel, l'unique, les Yámana du cap Horn ont quatre noms pour leur divinité : Watauinéiva-sef, « le Vieux qui est là-haut dans le Ciel », Manunákin, « l'Unique puissant », Watauinéiva, « le Très Ancien », et Wollapatuch, « le Grand Assassin », parce qu'il tue les hommes. C'était le moins qu'on puisse attendre d'un dieu primitif au cap Horn. Les Yámana se croient les descendants d'un premier homme descendu du ciel au moyen d'une corde en peau de phoque. C'est pour ça que les phoques ont toujours le nez en l'air...

– Vous êtes... athée ?

– Je n'aime pas beaucoup ce mot ; je respecte et j'étudie les croyances. Mais je supporte mal cette sympathie qu'éveillent certains salopards qui ont Dieu à la bouche et le diable dans le cœur. Nelly Lawrence disait au père Martín que puisqu'elle avait son Manunákin, elle n'avait pas besoin d'un autre dieu. Et le curé respectait sa foi en « l'Unique puissant ».

– Noble attitude de la part d'un catholique.

– Ils auraient dû se montrer aussi respectueux sous d'autres latitudes. Les forfaits des anciens navigateurs contrastent avec les actes des explorateurs, prêtres ou scientifiques. Mais les Yámana se sont aussi comportés en criminels. Ce sont eux qui ont assassiné Allen Gardiner. Notre souveraineté sur ces lieux date de 1881. Et elle nous a servi à construire un bagne et à donner la terre à quelques latifundistes étrangers... Que de crimes ont été commis contre les Ona ! Et vous, quel est votre crime ?

– Meurtre...

– Bigre !... fit-il en soufflant sur le tube de la lampe à l'endroit où la femme du Pelé avait posé son épingle à cheveux afin que le verre ne se brisât pas – mais il y eut pourtant un bruit de brisure.

– Si ça ne vous embête pas, je peux vous expliquer.

– Parfois, il vaut mieux ne pas expliquer et accepter la vie avec courage.

– Mon crime fut d'avoir aimé passionnément ma femme. Une crise de jalousie m'a fait perdre la raison et je l'ai étranglée sans m'en rendre compte.

– Et de qui étiez-vous jaloux ?

– D'un canari.

– Je ne comprends pas...

Rojas pensa qu'il avait peut-être affaire à un fou, mais il l'écouta.

– Nous venions de nous marier. J'étais représentant d'un laboratoire de médicaments et de cosmétiques de Buenos Aires. J'avais fait des études de pharmacie, mais la nécessité de mieux gagner ma vie m'avait contraint à ce choix. J'étais parvenu à me faire une bonne clientèle à Córdoba, Santiago del Estero, Tucumán et d'autres villes du nord-ouest de l'Argentine. Ma mère, veuve, vivait en partie de mon salaire et d'un élevage de canaris au village de Luis Maria Saavedra, dans le Tigre. Quand je me suis marié, j'ai loué un petit appartement au même endroit. Son cadeau de mariage fut un canari rare. Il valait une petite fortune. Le lendemain de mon mariage, j'ai dû partir de toute urgence pour conclure une affaire importante dans ma zone de vente. Je me suis absenté un mois. A mon retour, en entrant chez moi, la première chose que je vois, c'est la cage vide. Ma femme se précipite sur moi et me couvre de baisers ardents. Puis, regardant la cage vide elle s'exclame : « Il est mort, le pauvre, j'ai oublié de lui donner à manger... » Elle a recommençé à m'embrasser bizarrement, en me mordant, et j'ai senti le goût du sang sur mes lèvres. J'ai eu soudain un vertige, un étourdissement... Pour ne pas tomber, je lui ai passé le bras derrière le cou... et tout s'est brouillé... Quand je me suis réveillé, elle était morte à mes côtés, étranglée. Voilà l'histoire.

Mais j'ai appris plus tard, de certains membres de sa famille, qu'elle avait été fiancée à un lieutenant de police ; il l'avait abandonnée et elle s'était mariée avec moi par dépit. Il a lui-même voulu témoigner afin qu'on ne me condamne pas à perpétuité à Ushuaia… Ne pas tuer est le premier commandement ; la détention perpétuelle, je la porte dans ma conscience, bien que j'aie commis ce crime inconsciemment.

Les paroles de Bonet n'étaient pas parvenues à dissiper le lourd silence de l'obscurité enfumée ; il fut brisé par une pluie miséricordieuse qui s'abattit sur le zinc de la toiture. Le professeur Rojas s'était endormi sans écouter la fin de la confession. De ses lèvres sortait un faible sifflement qui s'élevait dans les ténèbres, placide comme celui d'un enfant qui appelle son chien au loin.

Le lendemain, les hurlements du vent avaient remplacé la pluie peu avant l'aube. Esther frappa à la porte de ses clients.

– Entrez, dit Alvaro Bonet.

Tremblant, comme s'il ne savait pas ouvrir une porte, entra un Indien Yaghan. C'était un homme de taille moyenne. Avec un léger bégaiement, il annonça que le cotre de Filkenstein, celui qui avait transporté le professeur Rojas, chassait sur son ancre à Puerto Golondrina et qu'à la suite de manœuvres l'hélice et le timon s'étaient pris dans les sargasses ; enfin, les pales de l'hélice avaient volé en morceaux au contact du rocher d'où sortait la touffe d'algues. Il apportait la mauvaise nouvelle au professeur Rojas, lequel pouvait faire la grasse matinée, tous les jours s'il le souhaitait, car il allait falloir trouver une autre hélice, ou alors appareiller à marée haute avec le seul recours des voiles.

16

L'Indien Yaghan et Filkenstein, lequel eut l'idée d'utiliser une hélice taillée dans du hêtre, parvinrent à réparer l'avarie. A cette occasion, le Suédois se révéla non seulement habile mécanicien mais bon menuisier. Il travailla sans relâche deux jours entiers. « L'esprit de l'arbre sec » donne en hiver un bois aussi dur que le cyprès, et l'ingéniosité de Filkenstein conjuguée au dévouement d'Ariel, le jeune Yaghan, produisirent le miracle que n'avait pu obtenir Charcot, l'explorateur français, contraint d'abandonner l'hélice du *Pourquoi pas ?* à Port Lockroy, dans l'Antarctique.

Le professeur Rojas et Alvaro Bonet assistèrent aux réparations. Le premier devait se rendre à Río Gallegos, le port de la Patagonie argentine. Quand Bonet observa le dégrossissage du bois, à la hache et à l'herminette, auquel se livrait le Yaghan en essayant de reproduire les pales d'une l'hélice, il s'adressa à voix basse à Rojas :

– Vous verriez les goélettes que construisent les prisonniers d'Ushuaia, dans du *nothofagus betuloide*, qu'ils font sécher dans leur cachot ! Ce sont les Espagnols qui apportent ce bois avec lequel ils bastonnent les récalcitrants. Après le châtiment, les prisonniers creusent le tronc et lui donnent forme jusqu'à ce qu'il puisse flotter. Ils accomplissent un travail d'une rare perfection. Ils peignent les œuvres vives en vert espérance et polissent les œuvres mortes. Ce sont des goélettes de deux ou trois mâts avec toutes leurs voiles.

– J'ai vu une fois une splendide goélette de chasse au phoque. Je l'aurais bien emportée, mais elle mesurait dans les deux mètres…

– C'est la limite autorisée, sinon les prisonniers en construiraient de trois ou quatre mètres et s'embarqueraient dessus.

– Eh, vous deux, de quoi parlez-vous ? intervint Filkenstein en essuyant ses mains graisseuses.

– Ni de politique ni de religion, répondit Rojas en souriant.

– C'est le règlement anglais de la *Fanny,* mais à bord…

Ils continuèrent ainsi à bavarder allègrement en retournant à l'auberge du Pelé.

– Filkenstein a l'air d'être un bon marin, dit Rojas.

– Avant, il allait aux Malouines, mais depuis qu'il est tombé amoureux d'une fille Mac Intosh et que les parents se sont opposés au mariage, il se consacre au cabotage entre les côtes argentines et chiliennes. Tout se sait à Ushuaia, que ce soit au petit village ou dans l'immense enfer du bagne.

– Mack Intosh ou Mc Intosh ?

– Pourquoi cette question ?

– Le Mack des Écossais et le Mc des Irlandais, ce n'est pas pareil, surtout s'ils sont des îles Aran…

– Où sont-elles, ces îles ?

– Aux antipodes des Malouines. Elles apparaissent sur les eaux à l'ouest de l'Irlande, semblables à des baleines grises endormies, et forment des digues naturelles sur lesquelles se brisent les grandes vagues de l'Atlantique. Les Malouines de l'ouest jouent le même rôle protecteur contre les tempêtes du sud-ouest.

– Est-ce que Fanny Mac Intosh n'aurait pas repoussé Filkenstein parce qu'il était protestant ? Vieille dispute entre anglicans et romains !

– Peut-être… Saint Patrick a évangélisé l'Irlande au Ve siècle et les îles Aran n'y ont pas échappé, pas plus d'ailleurs que les Malouines espagnoles, puis argentines, avant de s'appeler les Falkland... Plus tard, au XVe, les franciscains ont construit des églises et des chapelles. Mais la joie des petits frères d'Assise n'a pas duré longtemps, car bientôt sont arrivés les fanatiques de Cromwell, qui ont assassiné sans pitié les catholiques, religieux ou laïques. Et la langue gaélique a disparu peu à peu, comme ici la langue ona, au profit de l'anglais à l'accent *cockney*.

– Je vois que vous savez beaucoup de choses...

– Oh ! pas tant que cela... Ce que je sais, je l'ai appris dans les livres. Je pense qu'il ne faut pas mépriser ce qui est écrit. Il y a deux manières de s'éduquer : la première à l'école de la vie, et l'autre à celle des livres. Si les livres apprennent quelque chose, c'est très bien, sinon on peut toujours apprendre à ne pas faire le mal qu'ils racontent. Il n'y a que les despotes ignorants qui relèguent les intellectuels aux confins du monde. C'est ce qui m'est arrivé, mais ceux qui m'ont envoyé à Ushuaia ne sont pas parvenus à effacer ma mémoire. J'ai encore beaucoup de choses à dire et j'écris en faveur de cette malheureuse île qui nous héberge. Mon exil fait désormais partie de l'histoire fuégienne, c'est un épisode supplémentaire de son triste destin. Mais je ne veux pas parler de moi, parce que le véritable exilé, c'est l'Onaisin entier.

Alvaro écoutait, le regard baissé sur les traces que cet homme solidement charpenté laissait sur le sable mêlé au limon des rivières. C'étaient les pas d'un homme supérieurement intelligent sur les chemins du temps, des traces très différentes de celles des hommes du guanaco blanc... Il portait son manteau sur les épaules comme la cape des Ona.

Ils s'arrêtèrent au bord d'une nappe d'eau. Dans le fond cristallin de ces eaux australes, on apercevait un troupeau de moutons poussés doucement par un vent de sud-ouest. Les deux hommes regardèrent le ciel. Entre les masses nuageuses nacrées perçait un bleu céleste qui se reflétait intensément sur l'eau.

– Vous avez connu Silcha, à Ushuaia, demanda Rojas ?

– J'ai entendu parler de lui, mais je ne l'ai pas connu.

– Il m'a raconté son histoire et un peu celle des siens : son père est mort quand il était enfant, mais sa mère vit encore. C'est grâce à elle et à ses souvenirs d'enfance qu'il a appris les traditions Ona. Il a vécu dans sa tribu jusqu'à l'âge de quatorze ans. En des temps immémoriaux, les hommes avaient été réduits en esclavage par les « filles de la Lune » et Alpe, qui possédait je ne sais quelle puissance mystérieuse. Quand le secret de ce pouvoir fut découvert, les hommes se soulevèrent et se vengèrent en sacrifiant toutes les femmes, sauf les petites filles qui n'étaient pas initiées au secret primitif. Certaines de ces femmes sacrifiées se métamorphosèrent en oiseaux. Les hommes, soucieux de consolider leur victoire, créèrent un nouveau rite, qui se pratiquait il y a peu encore, dans le jaind, l'enceinte initiatique des Ona. L'adolescent qui avait été initié était appelé *Senalpen,* le mâle. Pour les Ona, l'idéal de beauté physique et morale n'était pas incarné par la femme, mais par l'homme, et l'archétype masculin était appelé *Ketterrnem.* Sur ce mythe et ses dérivés, les Ona ont organisé une existence spartiate, consacrée à la domination de la nature hostile et des instincts primordiaux. Le sexe et le climat sont les axes de la culture fuégienne.

Rojas poursuivit :

– Silcha m'a raconté les épreuves de jeûne, de solitude et de travail qu'il avait endurées dans la forêt, afin d'accéder à l'âge d'homme. Cet Ona survivant a appris tout seul à lire et adore les livres. Un jour, je lui ai montré dans le livre d'Agostini une planche en couleur représentant la *filesia cuxifolia* et il a été très ému en reconnaissant les campanules rouges. Puis je lui montre des portraits dans le livre de Carlos Gallardo, et il reconnaît Aneeken, Kitemink, Alepen, et il me demande si ce n'est pas dans ce livre que se trouve, comme il l'a entendu dire, le portrait de sa mère. Il le cherche, mais ne le trouve pas... Pendant mon exil à Ushuaia, j'ai parlé avec deux Indiens de la police locale. L'un s'appelait Thomas, probablement de père anglais et de mère yaghan; l'autre, Garibaldi, à cause de la baie du même nom sur le canal Beagle. Il portait des bottes et un uniforme gris de gendarme : allure élégante et geste militaire ; brun, souple, poli. Quand il est entré dans ma chambre, je lui ai offert une chaise, mais il a préféré rester debout en signe de respect. Il tenait sa casquette de la main gauche, avec élégance, tandis que la droite accompagnait ses propos. Il avait un regard perçant, et des yeux noirs légèrement obliques et papillotants. Une voix mâle.

« – Vous êtes content de votre emploi, lui ai-je demandé ?

« – Oui, monsieur. Le chef m'apprécie et le gouverneur dit qu'il va m'octroyer un lopin de terre quand je me marierai.

« – Et vous avez beaucoup de travail dans la police ?

« – Non, monsieur ; c'est très tranquille. Même au bordel il n'y a pas de bagarres... Quelques ivrognes, mais ils boivent chez eux. Les gens sont paisibles ici.

– Voilà un parfait gentleman, fils d'une Yaghan. Elles accouchent au milieu des glaces, commenta Alvaro Bonet, en cédant le pas au Dr Rojas, lequel évitait de parler de lui-même et se gardait bien de révéler à son compagnon de chambrée qu'il était recteur de l'université de Buenos Aires et qu'il se prénommait Ricardo...

– Vous avez entendu parler de l'aventure de Simon Radowisky ? Comment a-t-il quitté Ushuaia ? demanda Rojas.

– A bord d'un cotre piloté par Pascualini, un Génois. On se souvient encore du dicton favori de Pascualini : « Les Génois sont gens méchants et pervers / qui par le monde se dispersent / Dante, Michel-Ange, De Vinci, Fieramosca e tutti quanti. » Ce fut un véritable exploit. Pascualini connaissait comme sa poche tous les canaux qui conduisent au détroit de Magellan. Il cacha Radowisky dans la baie de Punta Arenas, mais quelqu'un le dénonça. Pascualini avait fait tout ça pour de l'argent... Et celui qui travaille seulement pour la paie abandonne aussitôt les brebis quand il voit venir le loup, parce qu'il n'est pas berger et que les brebis ne sont pas les siennes. Saint Jean ... déclara Bonet en soupirant.

Ils allumèrent le bout de chandelle que leur avait laissé la femme du Pelé. Peu après, ils entendirent un vacarme de timbales et de grattements qui faisaient songer aux pattes d'un phoque raclant une plaque de zinc. C'était la boîte à musique du bar qu'un client avait dû mettre en marche en glissant une pièce de monnaie dans la fente.

Il s'agissait d'une célèbre boîte à musique trouvée par le capitaine Wallis, de la *Fair Rosamonde*, au cours d'une paisible nuit de lune, alors qu'il naviguait dans les canaux de l'archipel Wollanston. Wallis avait perçu une rumeur de ressac, inhabituelle dans ces parages, venant de derrière une pointe rocheuse. Les jours de tempête, on peut entendre tous les bruits de l'univers, que produisent les galets et le sable brassés par les vagues au pied des falaises. Mais ce bruit-là était agrémenté d'étranges notes de musique. Wallis ordonna à un matelot de l'accompagner en chaloupe, pendant que l'équipage mettait la goélette en panne. Une demi-lune montante pointait son ongle de diamant derrière les îles. Les « trois Marias[1] » d'Orion brillaient au sud-ouest. Il était trois heures et quart, un samedi vingt-trois février ; c'est ce que Wallis nota scrupuleusement dans son journal de bord. Il frôla la pointe rocheuse sur laquelle poussaient quelques arbustes rabougris. Un bateau avait fait naufrage à cet endroit et on pouvait encore voir le pont supérieur délabré, encastré sur les rochers. Wallis eut un geste envers le matelot pour lui ordonner d'en faire le tour. Le nom de l'épave était visible sur ce qui restait de la proue : *Western Lightning*. En observant le pont brisé, au-dessus de la cale avant, il

1. Nom donné aux *bolcadoras*, armes traditionnelles de chasse composées de trois boules.

supposa que la quille avait heurté une pierre plane comme une rampe d'échouage. Les tempêtes avaient parachevé la destruction du bateau, vidant peu à peu les cales des marchandises qu'elles abritaient. Toutefois, la musique venait d'une petite plage proche, vers laquelle la chaloupe mit le cap. Au bord de l'anse sablonneuse, les deux hommes virent plusieurs pianos debout ou renversés, dont les touches et les cordes étaient cinglées par les vagues. On croyait entendre la houle du cap Horn qui arrivait sur ces épaves rouillées, affaiblie par le labyrinthe des canaux de l'archipel Wollanston. Parmi les pianos se trouvaient plusieurs boîtes à musique à disques métalliques. Ils en embarquèrent deux sur la chaloupe, une pour l'équipage et l'autre pour le capitaine. Ils emportèrent également, pour la valeur du métal, nombre de disques, d'une cinquantaine de centimètres de diamètre, qui conservaient leurs sillons intacts. Filkenstein remit en état une boîte à musique que le Pelé acheta à bon prix.

C'étaient les rhapsodies du cap Horn qu'écoutaient Ricardo Rojas et Alvaro Bonet. Rythmes de polkas, de mazurkas et de polonaises ; musique sauvage de galets, de chaînes et de vagues du cap le plus redouté de la planète, que bien des naufragés ont doublé dans leur voyage vers l'infini.

– Voilà qui me rappelle, dit Alvaro, un étrange concert que nous avons entendu un jour à Ushuaia. C'était une sorte de banquet. Le « Negro » Palacios, après avoir offert quelques miniatures de voiliers que les prisonniers assemblaient dans des bouteilles, ou encore de parfaites goélettes qui pouvaient naviguer en plein vent, de celles que vous n'avez pas pu emporter, avait invité des marins à festoyer à la prison. Ils mangèrent des mets délicieux, burent du champagne en abondance, fumèrent des havanes ; tout cela sur le dos des quatre cents bagnards affamés que nous étions. Et, à l'indignation générale, il obligea l'orchestre de la prison à jouer pour égayer le banquet. Ce jour-là, les détenus 95 et 165 moururent de tuberculose ; le 35 devint fou de froid, et combien d'autres, au fond des cachots, périrent de faim et de froid ? Mais Palacios, attablé avec ses amis, ne voulait pas entendre les cris du pavillon n° 5, qui risquaient de ternir la fête et de gâcher le plaisir des invités. Le même jour, un détenu condamné au pain et à l'eau se pendit dans son cachot…

17

Grâce à sa nouvelle hélice, le *Fanny* reprit la mer à la marée descendante. On hissa la grand-voile, la trinquette et le foc, et un vent de sud-est éloigna le bateau de la côte de Río Grande.

Quand on met le cap au nord, il est fréquent, sur cette côte, que les basses terres, les îlots et les rochers qui se trouvent sous la ligne d'horizon apparaissent élevés, déformés ou inversés. A l'approche de Punta Sinaï, après le cap Domingo, le vent cessa de souffler ; il s'ensuivit un calme menaçant, et des lueurs commencèrent à danser sur les flots. Les voiles s'amollissant, il fallut tendre les écoutes et profiter des brises sporadiques qui secondaient le moteur tournant à mi-régime afin de ménager l'hélice en bois.

Rojas monta sur le pont, tandis que Filkenstein était à la barre. L'intention du patron du cotre était de transporter son illustre passager jusqu'à Río Gallegos ; mais le professeur lui avait demandé de ne pas hésiter, en cas de besoin, à emprunter l'embouchure orientale du détroit de Magellan et de mettre le cap sur Punta Arenas où il trouverait facilement un bateau en partance pour Buenos Aires.

Alvaro Bonet monta à son tour sur le pont et se tint discrètement à distance des deux hommes afin de ne pas troubler leur conversation. Durant les préparatifs de l'appareillage du *Fanny* à Puerto Golondrina, on avait vu Bonet arpenter nerveusement le quai où était ancré le cotre. Rojas se tenait à la poupe et n'avait pas bronché lorsque le patron du bateau avait fait signe à Bonet de monter à bord sur-le-champ. L'universelle patrie qu'est la mer transmet silencieusement les messages de solidarité ou de rejet entre les hommes.

Le cap San Sebastián est un sombre promontoire escarpé, qui ferme au sud-est la baie du même nom ; la marée descendante aspire les eaux à une vitesse d'environ deux milles à l'heure. A l'ouest s'arrête la cordillère Carmen Sylva dont les premiers contreforts s'élèvent à trois cents mètres d'altitude.

L'au-delà du cap réserve quelques dangers : le fond s'élève brusquement de vingt-deux à vingt-six mètres. Nulle sargasse pour prévenir d'un tel danger. A cinq milles du cap se dresse, solitaire, un autre promontoire abrupt et, sur la vaste plage dont les dunes envahissent les collines de coiron et de mata negra, trône un étrange piton rocheux, aux parois tombant à pic et couronné de buissons de calafate qui fleurissent sur le sommet tronqué.

La frontière entre le Chili et l'Argentine est marquée par les barbelés qui limitent le dernier pâturage de la Sociedad Explotadora de Tierra del Fuego, dont les domaines s'étendent à l'infini en pleine pampa. A une époque géologique lointaine, ce paysage était le fond d'une mer gelée, où passait probablement un canal reliant le détroit de Magellan à l'Atlantique. Les glaciers y ont laissé leurs empreintes fécondes bien avant que le guanaco blanc ne laisse les siennes.

Située à 53° 9' de latitude sud et 68° 13' de longitude ouest, la grande baie de la pointe d'Arenas est fermée de tous côtés sauf à l'est. La marée basse découvre des kilomètres de vase où prolifère la vie sous-marine qui se retrouve exposée au soleil ou à la lumière blafarde d'un ciel couvert. Les tempêtes du sud-ouest déferlent à cent, parfois cent vingt kilomètres à l'heure. C'est ce qui donne à la région du Páramo ses paysages étranges et changeants. Dans le ciel : Orion, la Croix du Sud, Procyon et le cortège de constellations derrière les Nuées de Magellan ;

sur terre, foulant les sables aurifères, d'autres chasseurs moins célestes et plus durs que le granit ou le quartz.

Dans le journal de l'ingénieur roumain Julius Popper, on peut lire ceci, au sujet du Páramo :

« 12 janvier 1890. On voyait sur la plage de profondes excavations, dans lesquelles des hommes étaient occupés à trier le sable noir. Sous les tentes, autour des feux et tout le long de l'arroyo Beta, une soixantaine d'individus armés de Winchester offraient le spectacle singulier d'un regroupement de vagabonds, de criminels et de bandits venus des quatre coins de la planète. Certains étaient vêtus de haillons, d'autres allaient pieds nus, et il n'était pas un seul individu qui eût une vague ressemblance avec un autre. Ils criaient, riaient, gesticulaient, quand brusquement la scène changea. Ce tas de voyous s'agite comme un nid de vipères. On entend des cris effrayés : "Alerte, les *cuyanos !* [1]" Et voilà qu'apparurent sur la rive opposée de l'arroyo les silhouettes de huit soldats argentins, qui furent immédiatement accueillis par une salve désordonnée de coups de fusil.

« – Déployez-vous ! A terre ! feu ! Chargez ! hurlait-on entre les détonations.

« – Ave Maria ! Miséricorde ! entendait-on d'un côté. Baïonnette au canon !... Avancez ! Avancez ! entendait-on de l'autre.

« Les détonations avaient cessé ; les soldats s'emparèrent du campement ; une légion de hors-la-loi, certains blessés, s'enfuyaient précipitamment vers la frontière chilienne. Agenouillés, quatre hommes, bras en croix, les yeux exorbités, le visage en feu et tremblant de tout leur corps, imploraient le pardon au nom de la Très Sainte Vierge !

« – Et vous, pourquoi restez-vous plantés là comme une croix de village ?

1. Habitants de la province de Cuyo ; les Chiliens désignent ainsi les Argentins.

« – Pitié, sergent ! s'exclama l'homme qui, dans sa terreur, me voyait galonné. Je ne suis pas comme les autres, je suis charpentier, et pauvre, j'ai travaillé chez le gouverneur Paz, je viens de Bahía Sloggett.

« Nous avions recueilli dans l'établissement une Indienne Ona, une espèce de jeteuse de sorts que nous avions arrachée à un groupe de bandits lors d'un combat antérieur à l'arrivée du *Tyr,* et que nous avons aussitôt remise en liberté.

« Cette indienne disparaissait parfois, puis revenait ; elle allait de la tribu à la maison et de la maison à la tribu, jusqu'à ce que, fatiguée par la vie en plein air, elle semblât décidée à rester définitivement au Páramo où, du moins à cette époque, elle était la seule représentante du sexe féminin. C'est en vain que nous tentâmes de l'éloigner. Elle s'était habituée à notre nourriture et à nos péons qui, les ingrats ! la baptisèrent du nom pittoresque de "Mule blanche", à cause de la couleur de ses cheveux.

« J'avais séjourné à Buenos Aires et je me trouvais de nouveau à Punta Arenas. J'emmenais avec moi les douze gendarmes destinés au commissariat. C'était l'hiver. Les rues étaient blanches, et blanches les collines, blancs les pâturages et les montagnes ; il n'y avait de rose que le visage des belles, mais le cœur des habitants n'était ni blanc ni rose. Quelque chose d'étrange, d'inhabituel, s'était emparé de ces gens naguère pacifiques. On notait une certaine nervosité ; au coin des rues on discutait gravement ; on gesticulait dans les bureaux, on entendait des cris ; on achetait et vendait des armes à des prix exorbitants, puis le calme revenait et les gens renouaient avec leur existence lente et monotone...

« Oh, il n'y avait aucun doute ! Il se passait quelque chose de semblable à ce que le génie d'un célèbre écrivain avait conçu et décrit des années auparavant : la future "métropole antarctique" était victime d'un caprice du Dr Ox.

« – Vous me le paierez très cher ! entendait-on dire

d'une voix claire et ferme, mais vibrante de colère, tandis que derrière un adolescent qui portait une cape de guanaco, se refermait violemment la porte d'une boutique. C'était la voix de l'honnête propriétaire, un homme cultivé et heureux.

« – Mais comment se fait-il, monsieur Menéndez, que vous, commerçant, après avoir été informé du vol d'une cape si reconnaissable, doublée comme aucune autre, ayez pu l'acheter au tiers de sa valeur à un individu suspect et exilé ? demandait le juge qui, à huit heures du soir, avait formé un tribunal dans le magasin. C'était un cas extraordinaire, inédit dans les annales de la ville...

« Le magasin du Páramo avait été envahi par l'équipage affamé du *Tyr* et comme Votre Excellence, qui probablement pensait vaincre par la faim les "fauves du Páramo", avait refusé d'embarquer un seul kilo de vivres pour l'établissement, répondant négativement à la note que lui adressait, à cet effet, notre agent à Punta Arenas, lequel conformément au règlement du bateau, sollicitait l'embarquement de victuailles, nous nous sommes donc retrouvés privés des principaux éléments de subsistance et, pour la première fois, la faim se faisait ressentir au Páramo. Peu à peu, nous avons tué les bœufs d'attelage, les chèvres et les poules réservées à l'élevage et, afin de calmer la faim de nos employés, nous avons épuisé les conserves. Encore nous a-t-il fallu réduire les rations afin de maintenir les gendarmes en paix. Et quels gendarmes ! L'un sortait à peine de l'hôpital, un autre était malade, et leurs collègues ne valaient guère mieux. On essaya d'établir des tours de garde nocturne, mais ce fut impossible. Une fois, un cheval mal attaché se débattit, se cabra dans le corral, se torturant trois heures durant et à la fin s'écroula raide mort, étranglé par la corde qui lui serrait le cou, tandis que les gendarmes de garde, terrorisés, n'osaient pas montrer le bout de leur nez. On les trouvait parfois accomplissant leur devoir, cachés sous des plaques de zinc ou endormis dans les toilettes. Effrayés par la silhouette d'un guanaco, ils alertaient l'établissement en déchargeant leurs Remington. On supprima donc les gardes nocturnes. En revanche, il me fallut constituer un service de police privée afin de prévenir les vols commis par les surveillants, dont les abus allaient jusqu'à détruire les lits du hangar. Le commissaire s'efforçait en vain de discipliner ces abrutis. "Le gouverneur nous a dit que nous mangerions comme des rois et que nous passerions le temps à nous remplir la panse", répondaient-ils au commissaire lorsque celui-ci leur reprochait leur mauvaise conduite. »

Julius Popper essayait de justifier ainsi sa réputation de chasseur d'Indiens et de chercheur d'or, avec la protection de la « mule blanche », qu'il défendit sabre à la main – selon son journal – contre la concupiscence des matelots du *Tyr*. De son amour pour le Páramo, témoigne l'inscription en pur florentin qu'il cloua aux limites de ses domaines : *LASCIATE OGNI SPERANZA, VOI CH'ENTRATE* (Vous qui entrez, abandonnez toute espérance). Car il faut d'abord souffrir l'Enfer pour croire au Ciel.

Mais la photographie qui le représente fusil au poing, un Indien mort à ses pieds, les mains crispées sur son arc, est aussi une trace de son passage en Terre de Feu.

18

– Il se pourrait que les voyageurs pour la Lune, rêvés par Jules Verne, ou les astronefs imaginés par le brillant Flammarion, décollent un jour des lointains parages de l'Antarctique, dit le Dr Rojas en regardant la constellation d'Orion et les tremblotantes Rigel et Bételgeuse qui avançaient dans le ciel austral, sous lequel naviguait le *Fanny,* poussé par un bon vent de travers et piloté cette fois par l'Indien Yaghan.

Le grand chasseur céleste, aux « trois Marias » à la ceinture, semblait sur le point de poser un pied sur le cap San Sebastián et l'autre sur le pic Nose, d'où descendent à travers la Terre de Feu les lacets de la cordillère Carmen Sylva.

Karl Filkenstein n'utilisait pas le sextant. Il connaissait ce rivage comme sa poche. Il contempla la nouvelle lune qui se profilait au nord-ouest, accompagnée de Vénus. Existait-il un dieu au-delà des étoiles, ainsi que l'affirmaient les Indiens Ona, le regard perdu dans l'infini ?

– C'est un temps idéal pour naviguer avec une hélice en bois ! s'exclama Rojas.

Le halètement du moteur troublait le silence étoilé. Filkenstein avait la taille d'un Ona, plus d'un mètre quatre-vingt-dix, et les yeux gris-vert. Alvaro Bonet restait à l'écart sans prendre part à la conversation.

Dans la cabine, le patron du cotre ouvrit un livret intitulé : *Instructions pour la navigation des vedettes dans la partie orientale du détroit de Magellan.*

La lecture des routiers démontre que les noms donnés à des sites géographiques par les navigateurs, comme d'ailleurs par les Ona, contiennent une mise en garde : ainsi « Ile du Diable », « Punta Divide », destinées à ceux qui font route vers la bifurcation du bras nord-ouest du canal Beagle. A Punta Dungeness, se dresse un phare proche de la frontière argentine, signalé dans les instructions comme un lieu de pêche abondante. C'est une anse étroite où débouche un ruisseau que la marée haute grossit et repousse à l'intérieur des terres ; au sud-ouest du phare, en territoire chilien, il suffit de lancer une ligne munie d'un hameçon pour pêcher des bars, des athérines et une variété de gade, dont la chair ressemble à celle de la morue, quoique de qualité inférieure.

Filkenstein chercha une ligne munie de deux ou trois hameçons et d'une vieille boucle de ceinturon. Il s'approcha de Bonet et lui donna quelques conseils avant de le débarquer à proximité de Punta Dungeness, où il trouverait une espèce de mata negra semblable à celle de la Terre de Feu ; avec les branches il pourrait allumer un feu et faire cuire des poissons ou des mollusques. Enfin, il l'informa qu'au-delà de la frontière se trouvait l'estancia Condor, appartenant à un Anglais très accueillant, qui lui donnerait du travail, ou du moins le laisserait paresser quelques jours.

Dans son journal de bord, Filkenstein, courbé sous le plafond de sa cabine, commença de crayonner des circonvolutions qui se terminaient en grecques.

– Je vais vous laisser derrière la pointe Dungeness, dit-il, traçant une ligne vers l'ouest. Au-delà, il y a Punta Arenas ; faites attention qu'il ne vous arrive pas ce qui est arrivé à Radowisky et Pascualini.

– Quelqu'un a surnommé le Génois « le dernier pirate du Détroit »...

– Je ne crois pas que ce soit le dernier, dit Karl, en traçant un signe sur la carte marine.

– Qu'est-ce que vous dessinez ?

– Mon point « Omega » ; c'est ma manière de prendre la position de ma *Fanny*.

– Mac Intosh ? demanda Alvaro avec malice.

– Oui, Fanny Mac Intosh... répondit le Suédois le regard brillant.

Au même instant, un épais brouillard rougeâtre enveloppa le bateau. Filkenstein prit sa lampe-tempête et éclaira la mer. L'hélice en bois projetait en l'air des nuées de petites crevettes rouges. Alvaro apporta un seau attaché à une corde et le jeta à l'eau, le ressortant aussitôt rempli de *krills*.

– Derrière Dungeness, vous trouverez de l'eau douce pour les faire cuire... On vous débarque ici, ordonna Karl d'une voix lente du haut de sa stature de géant patagonien.

Le cotre était entré dans le mouillage dissimulé derrière la tour rouge et blanche du phare de Dungeness. L'Indien fit descendre le canot.

– Merci à tous les deux, dit Alvaro Bonet, en serrant les mains de Rojas et de Filkenstein – et il ajouta à voix basse au patron de la *Fanny :* Vous savez, je suis un évadé d'Ushuaia...

– Je le savais, répliqua calmement le Suédois.

Rojas contemplait la voûte étoilée.

En prenant congé, l'Indien Ariel dansa une étrange danse, pieds nus sur les sables patagoniens et Bonet l'étreignit afin qu'on ne le prît pas pour Caliban.

De la barque, il battit des ailes comme une « autruche de mer » qui signalerait un condor au-dessus des frontières.

19

Alvaro Bonet se blottit dans un buisson de romarin au bord de l'anse. A l'aube, à marée basse, il passerait sur l'autre rive où commençait l'immensité patagonienne. Il était habitué à ne dormir que d'un œil et à se réveiller en sursaut. Soudain, des nuages spongieux commencèrent à effacer le tableau noir étoilé, le Grand Chasseur Orion disparut derrière des nuages bas, et des pouliches noires surgirent dans le ciel, cravachées par le vent d'ouest. Il profita de l'obscurité pour s'endormir et rêva d'un petit train qui brillait sur les eaux de l'anse. Ses rails s'enfonçaient dans les herbages patagoniens, si semblables à ceux de la Terre de Feu. Pourtant, ce n'était pas un jouet mais un vrai train qui conduisait les bagnards d'Ushuaia au pied du mont Susana où ils abattaient des arbres.

Absurde et tragique jouet du « Negro » Palacios, dans lequel montaient prisonniers en tenues rayées et gendarmes en uniforme. Dans les grands arbres du mont Susana, les bagnards découpaient des planches de sept pieds, plus hautes que Filkenstein, qu'un Ona ou que les Patagons de Pigafetta, le chroniqueur de Magellan, qui leur arrivait à peine à la ceinture…

…Non, non… c'est lui, Alvaro Bonet, l'homme le plus grand de l'Onaisin, portant un tronc sur l'épaule, qui tombe dans une crevasse glacée du mont Susana. Heureusement, il a caché sur lui une petite bouteille de *grappa*. Il boit une longue gorgée. Il rince ses lèvres en feu avec une poignée de neige. Et la neige commence à fondre autour de lui.

Il se relève et reprend sa planche de hêtre. Mais ce n'est pas lui, c'est Karl, le Suédois, qui le regarde avec ses yeux tristes et son sourire plein de bonté. Le hêtre antarctique transformé en hêtre arctique. Oh, oh, oh!... Ce n'est pas non plus Filkenstein, mais un Espagnol de León qui s'approche de son cercueil de neige et de bois. Terrifié, il se met à claquer des dents. L'Espagnol va le punir à coups de bâton pour avoir dissimulé de la grappa... Et voilà qu'il le frappe, qu'il le cogne sur les bras. On dirait qu'il va lui sectionner les avant-bras. Mais un autre arbre abattu lui tend une main de racine et le relève. S'il claque encore des dents, ce n'est plus de peur; il rit de la mort. Alvaro a enfin vaincu la terreur, la douleur, il se redresse triomphant. Ha! Ha! Ha! Le Negro Palacios entend l'énorme éclat de rire. Mais ce n'est pas celui d'Alvaro Bonet; c'est Agustin Carmona qui s'esclaffe, le détenu 157, l'anarchiste espagnol qui récitait dans sa cellule : « La vie est une lampe allumée, / quand elle s'éteint, / flotte encore / ce qu'en elle nous avons brûlé. » Hiver comme été Carmona récitait des vers. Palacios disait : « Cet anarchiste jetait des bombes en Espagne. Ici Menendez l'a dressé en un an, et maintenant il ne jette plus que des vers sur le papier. » « La nouvelle lune qui se profile au nord-ouest, / et la face ronde et rouge de Jupiter / tracent deux rails de lumière / sur les eaux calmes du Beagle. »

Le train est coûteux ainsi que le bois, mais le petit train à vapeur poursuit son chemin, comme les vers de Carmona : par routine. Les bûcherons portent leur tenue rayée et les gendarmes leur fusil. Hiver comme été, tous sont exposés aux vents glacés, dans les wagons ouverts...

Le petit train s'arrête devant l'église d'Ushuaia. Les bagnards iraient-ils prier? Non! Ils lancent un cri de révolte! Hurlements, vociférations : « Comprenez bien ce qui se passe; nous ne pouvons plus supporter la vie qu'on nous impose... Sept coups de bâton, a dit le sergent Yañez et à moi, on m'en a donné sept de plus. C'est pour ça qu'on m'a envoyé dans ce trou de mort. Ils ont dit que j'avais organisé la révolte du mont Susana... » Oh, Susana, aux lèvres et aux flancs ensanglantés !... Accouplement et mort sur les sombres touffes de calafate !... Montagne jaune de la tuberculose. La cloche de l'église sonne le tocsin en pleine tempête de neige. Les gardes sautent du train et nous encerclent. Dans le tumulte claque un coup de feu, puis un autre, et c'est la fusillade. Les mutins sont immédiatement maîtrisés. L'un d'eux s'approche et me montre du doigt : C'est lui ! Alvaro Bonet, c'est lui qui a tout organisé !... Aux coups de bâton succèdent des balles, et encore des balles, et moi je me mets à courir comme un fou vers les pentes du mont Susana !... Où es-tu Susana ? Viens, Susana, lèvres de fruit rouge, toux de chien, drapeau de poumon jaune, crachat de vie et de mort !...

Alvaro Bonet se réveilla en pleurant. Dans le ciel, les pouliches noires continuaient leur chevauchée vers la colline du Condor, en territoire argentin.

Il se frotta les yeux. « La nuit tu es dans mes rêves et dans ma vie à l'aube », murmura-t-il. Non loin de là il trouverait l'Anglais recommandé par Filkenstein, celui qui l'accueillerait par la question que se transmettent les bateaux d'une autre pointe Dungeness, là-bas, dans sa vieille Angleterre, à la sortie du canal de la Manche : « Où vas-tu et quel est ton cap ? – En pleine mer et mon cap est incertain. » Ainsi allait Alvaro Bonet après son évasion d'Ushuaia.

Il y eut, au long des années, de nombreuses tentatives de révolte ou d'évasion, toujours ratées. Aux forces supérieures qui les firent échouer sans pitié, il faut ajouter la configuration géographique du lieu, fermé de tous côtés par l'océan et la montagne. Le fugitif qui se dirige vers le Beagle a besoin d'un bateau pour s'enfuir, chose difficile ou impossible à obtenir ; s'il s'enfonce à l'intérieur de l'île, il succombera de faim, de fatigue ou de froid dans la forêt déserte et enneigée. En outre, l'ombre menaçante de la prison plane sur le village. Les gens savent bien qu'ils vivent grâce au salaire des gardiens, aux petits commerces gérés par leurs familles, aux provisions de viande de la prison ; ils profitent même du pain et de l'éclairage. On mène à Ushuaia une existence résignée, impassible et amère, d'une mélancolie à peine voilée par le silence.

Quand Alvaro Bonet était arrivé, il n'y avait pas d'autre rue que celle qui longe la côte et très peu de maisons de bois et de zinc, semblables à celles de la rive nord de Río Grande. Les Indiens vêtus de peaux s'arrêtaient au village, mais ils étaient paisibles. Une petite rivière coulait près de l'église, enjambée par « le pont des soupirs », sous lequel, dans l'obscurité, s'élevaient les gémissements des Indiennes violées par les colons. Ainsi commença le métissage de l'extrême austral. A l'écart de la prison et du village se dressait l'église de la mission anglicane. Alvaro Bonet gardait de cette époque un souvenir très vif. Il se signa et récita un Notre Père. Il hésita à entamer l'Ave Maria, mais, se souvenant de Filkenstein et de la *Fanny,* il pria avec ferveur pour eux.

Puis il déroula la ligne que lui avait donnée le Suédois. La boucle pouvant servir d'hameçon pour un gros poisson, il l'attacha à quelque distance de l'endroit où mordraient les petits poissons. Il enfila sur les hameçons des vers à la peau fine et délicate comme la rétine d'un œil. Il s'attendait à voir de vulgaires gades accrochés à la boucle, mais il eut la surprise de sortir de l'eau trois bars de taille moyenne qui frétillaient comme la lumière entre les nuages.

Il les vida et les lava dans des flaques d'eau de mer. Puis, après les avoir fait sécher au vent de la pampa, il se mit en marche vers la colline du Condor.

20

– Tu veux bien mettre ces pièces dans la boîte à musique ? demanda Doimo Grotzen à Georgina Sterling. Et je t'apprends à danser la polka ! ajouta-t-il en lui faisant un clin d'œil.

La jeune fille accepta, mais au lieu d'une polka ce fut une mazurka, au rythme déglingué par les vagues du cap Horn.

– Le vieux Schaeffer aime bien, ça lui rappelle sa *Puszta*...

– Qu'est-ce que vous avez dit ? réagit Georgina, croyant avoir entendu un mot insultant pour son ami Schaeffer de l'estancia Tercera Argentina.

– J'ai dit *Puszta*, pas *puta*... nom de Dieu ! rugit Grotzen.

– Qu'est-ce que ça veut dire ?

– C'est le nom d'une grande plaine de Hongrie, autour du lac Balaton. Schaeffer dit que ça ressemble au Páramo.

Georgina nota le mot sur un papier où le Pelé faisait les additions. C'était son habitude ; elle écrivait ce qu'elle ne comprenait pas, puis demandait des explications. Cette fois, elle montrerait le mot au vieux Schaeffer quand il descendrait de l'estancia, afin d'être sûre de sa signification, car elle n'avait qu'une confiance limitée en Grotzen, lequel tirait souvent son inspiration des verres de genièvre de la marque Llave, dont l'étiquette affirmait : « Sa couleur d'ambre pâle est la preuve de son âge. » La bouteille, en terre cuite, était très prisée par les chercheurs d'or qui l'utilisaient comme bouillotte. Schaeffer n'achetait jamais une bouteille entière ; il buvait en écoutant la musique.

– Il faut savoir distinguer une polka d'une mazurka, de même qu'un Hongrois d'un Sorabe ! dit sentencieusement Grotzen.

– Tous des Autrichiens, rétorqua Georgina.

– A cause de l'empire ! C'est eux qui ont déclenché la guerre ! Moi, je n'ai rien à voir avec les Autrichiens ni avec les Hongrois. Je suis allemand, un Sorabe de Bautzen. Et si ça m'arrange d'être allemand, je le suis, sinon, c'est le sang des Sorabes qui parle, les seuls Slaves qui aient résisté à toutes les guerres, même aux guerres de religion. A Bautzen, il y a une catacombe où les Sorabes adoraient leurs dieux devant un rocher. Ensuite les tribus germaines sont arrivées avec les leurs. Puis ce fut le tour des chrétiens qui plantèrent leur croix. Et plus tard, il y a eu d'autres croix… Moi, je me moque des croix… sauf de celles qui sont en or, celles que l'on fait avec les pépites des rivières. Ça c'est de l'or pur ! Pas comme ces sables noirs qu'il faut laver, faire fondre et amalgamer dans des chaussettes puantes comme celles du vieux Schaeffer…

Doimo Grotzen, un homme grand, aux larges épaules surmontées d'une grosse tête aux narines toujours frémissantes, glabre mais arborant une longue chevelure, était un personnage pittoresque sur lequel, à Río Grande, couraient nombre d'histoires. Il s'occupait d'un poste de trois mille moutons de l'estancia Río Cullen, situé à la pointe de la baie de San Sebastián, sur la rive nord. Son ranch au toit de tôle ondulée à deux pentes était construit dans un bon bois. Il était divisé en deux pièces d'une hauteur de plafond proportionnelle à la taille de son habitant. Grotzen possédait un troupeau de huit chevaux, dont trois étaient ferrés à cause de la glace tandis que les autres n'avaient que leurs sabots. Il élevait de beaux chiens de berger et on disait qu'il avait obtenu des chiots du croisement d'une renarde rouge et d'un berger allemand, qu'il dressait à la chasse au renard fuégien, plus gros et plus dangereux que le loup.

A Río Grande, il n'y avait que George Sterling qui l'égalât en bonnes et mauvaises fortunes. Il avait été l'inventeur du « jeu du crapaud », et dépensait ce qu'il avait raflé au Pelé avec une fille du bordel le plus fréquenté par les chercheurs d'or. Fort comme un taureau, c'était un homme tranquille, serein, adepte d'une philosophie d'animal rusé, soucieux d'éviter les bagarres inutiles. Si le jeu en valait la chandelle, il s'efforçait d'apaiser les conflits, surtout parmi les pensionnaires du bordel qui savaient se montrer reconnaissantes. Il ne pouvait passer plus de quinze jours sans abandonner le Páramo au grand galop tandis que d'autres passaient des mois, parfois des années sans voir une femme. Doimo, lui, disait en avoir besoin de deux par semaine. Il riait et faisait rire de ses extravagances. A l'estancia de San Sebastián il y avait des « préparateurs de chevaux » pour les « courses à la chilienne » ; de Grotzen, on disait qu'il « préparait les femmes » et qu'il les conseillait à ses amis. Son existence flottait entre bonne et mauvaise réputation ; certains hommes ont la sagesse de convertir l'une en l'autre. Seul le Pelé arrivait à le vaincre au jeu de *cacho,* retournant les dés qu'il guettait de son œil de requin, levant le cornet de sa main mutilée. Grotzen riait. Jamais il n'avait pu comprendre comment, avec cet œil aveugle et l'autre fermé, le Pelé pouvait sortir autant d'as. Pour tout le monde, c'était un mystère. Aveugle et sans doigts, il était impossible de tricher. Même Esther, avec son air de Joconde, passait du sourire innocent à la grimace soupçonneuse quand son mari se livrait à son petit jeu au rythme des mazurkas déglinguées de la boîte à musique.

– Je ne comprends pas ce qu'il fait avec les dés ; d'après certains il les fait tourner…

– Conneries ! vociférait Grotzen. Je ne crois que la moitié de ce qu'on me raconte et un tiers de ce que je vois.

Raison pour laquelle, peut-être, il avait tenté des croisements entre le renard rouge des forêts fuégiennes et le berger allemand qu'il enchaînait à la niche, près de la porte de son ranch du Páramo.

Georgina le laissait dire, mais ne pouvait s'empêcher de comparer les fanfaronnades de Grotzen à l'émouvante humilité de Schaeffer, les larmes aux yeux lorsqu'il écoutait les mazurkas de la boîte à musique qui faisait penser, avec ses poids suspendus, à une grande horloge. De troubles gouttes couleur d'ambre pâle s'écoulaient lentement de ses yeux vers la boursouflure rouge de son nez. Pourquoi un homme pleurait-il au son de ces mélodies désaccordées, alors qu'un autre s'esclaffait ? Georgina préférait le phonographe « Victor » avec son grand pavillon et l'étiquette « La voix de son maître », représentant un chien en train d'écouter l'appareil. Qu'y avait-il derrière ces sons et ces machines ? Un homme ou un chien hurlant ? Elle commença de s'intéresser à ces chansons et à la musique. Le laitier de la Tercera Argentina lui avait offert quelques disques, mais on les entendait mal sur le phonographe du Pelé. Parmi eux, le tango qu'elle aimait :

Là-bas, au fond
les ombres dorment
muet le fleuve
il rêve
deux hommes arrivent
deux rivaux
qui en duel décideront
qui sera l'élu
pour déflorer les baisers
de la femme fatale
les couteaux luisent
les regards scintillent
tandis qu'au bal
la très rusée
se souvient seulement
qu'elle est une femme.

Une fois, les deux hommes en étaient presque venus aux mains : Schaeffer parlait de sa puszta et Grotzen des canaux, des forêts et des îles de sa Sorabie natale.

– Voilà ma mère, et là c'est ma sœur ! s'exclama-t-il en sortant de son portefeuille une photographie jaunâtre.

Schaeffer et Georgina contemplèrent une belle femme portant une coiffe de reine et une gracieuse adolescente appuyée contre son cœur, vêtue d'une blouse brodée et de jupes aux dentelles bouillonnantes.

– C'est ta mère ? fit le Hongrois avec mépris.

– Je ne lui ressemble pas ?

Georgina prit la photographie, la regarda attentivement et se mit à rire :

– Ils ont le même nez, affirma-t-elle.

– Qu'est-ce qui peut bien ressembler à un nez de chien ? répliqua Schaeffer.

Grotzen reprit la photographie qu'il pressa contre son cœur.

– Mets une polka !

Georgina glissa une pièce de nickel dans la machine et le Sorabe commença de danser tout autour du Hongrois qui le regardait avec irritation.

– Voilà comment je danse avec ma sœur et avec ma mère, espèce de Hongrois sauvage !

– Avec les deux ?... s'exclama Schaeffer, regardant de biais le danseur qui faisait trembler les tables de la cantine.

Il se mit pourtant à sourire lorsque Grotzen entama un pas de mazurka.

– Tu ne sais donc pas, crétin de Hongrois, que le meilleur lait, et le plus abondant, sort d'une vache engrossée par son taurillon ? Ce n'est pas pour rien que je suis responsable de la reproduction du bétail ! C'est d'un grand lincoln et d'une grosse romey que viennent les *corriedale* [1] fuégiennes...

1. Variétés d'ovins.

Le soir venu, Georgina demanda à Men Nar, qui était de nouveau postée devant la fenêtre de la cuisine, de lui raconter l'histoire de Sótter, la jeune fille métamorphosée en salsepareille, et celle de la malheureuse Aquelvóin :

« Au temps où les hommes du Sud étaient des hommes-flèches, rapides comme l'éclair, Háis, un puissant jon du Nord, enleva la jeune fille nommée Sótter, qu'il obligea à travailler dans sa hutte.

« L'adolescente ne put s'habituer à une pampa sans arbres ni chants d'oiseaux ; surtout sans perroquets, qu'elle croyait être, depuis sa tendre enfance, des feuilles vertes volant et chantant d'une forêt à l'autre. Le Nord était tellement triste et pelé que, pour le décorer et continuer à vivre, elle se transforma en salsepareille, le bel arbuste aux fines branches qui donne des fruits rouges. En hiver, à l'arrivée de la neige et du vent, ses feuilles se font rares et les petits fruits pendent des rameaux comme des larmes de sang.

« Háis se maria avec Cásmen. Ils eurent une fille : Aquelvóin. Háis était l'ennemi de Náuquenc, un redoutable jon. Pour se venger des agressions arbitraires de Náuquenc, Háis eut des relations illicites avec Hósne, la fille de Náuquenc. Elle était belle, gracieuse et avait bon cœur. Elle éprouvait pour Háis un véritable amour ; mais elle souffrait de ne pouvoir être sa femme puisqu'il était déjà marié. Náuquenc était fou de rage de voir sa fille séduite par Háis. Blessé dans sa condition de père, il concentra ses pouvoirs afin de se venger.

« Une nuit de tempête, alors que les furies de l'Onaisin se déchaînaient, il parvint à capturer discrètement Aquelvóin. Háis rendit visite à Hósne en pleine obscurité, mais Náuquenc l'avait remplacée par Aquelvóin. Ainsi, le père eut un enfant avec sa propre fille sans qu'aucun des deux s'en rendît compte. »

Georgina Sterling vivait à Río Grande dans une « savante ignorance », telle était la devise qu'elle opposait aux questions indiscrètes des clients friands d'histoires scabreuses.

Elle aimait les légendes et les récits de naufrages et de sauvetages en mer, telle l'aventure des voiliers *Patmos* et *Petricia*.

C'était une histoire que le Pelé racontait volontiers aux clients, tout en caressant son crâne déplumé à la suite du naufrage du *Gleneriff*, au sud de Punta Espora, sur la côte chilienne. Il savait ce qu'était un incendie à bord et ne pouvait s'empêcher de truffer le récit de ses propres expériences.

Le naufrage du *Patmos* avait eu lieu à proximité du cap Horn. Quand la situation devint critique, les matelots mirent à l'eau le plus grand des canots de sauvetage après y avoir déposé de la viande salée, des biscuits et quelques tonnelets d'eau chaude. Le capitaine porta son épouse, Millicent, sur le pont supérieur submergé. On eût dit qu'il tenait dans ses bras une figure de proue déboulonnée. Son visage encapuchonné d'un châle évoquait davantage un linceul que le voile d'une vierge résistant à la concupiscence du « Grand Vieux », ainsi que les marins surnommaient l'océan. Il l'enveloppa dans un imperméable et la déposa sur le coffre des gilets de sauvetage. Tous les hommes se trouvaient sur le château de proue du *Patmos*. A la tombée de la nuit, le vent rugissait sur le bateau incendié, qui transportait du charbon, et le spectacle de ce bûcher flottant était effrayant. Dans l'Inde ancienne, quand les hommes étaient incinérés, les veuves se jetaient sur les bûchers dressés au bord du Gange, le fleuve sacré ; parfois, les crânes se détachaient des corps et roulaient comme pour échanger un ultime baiser avant de se perdre dans l'océan. Dans l'histoire du cap Horn, on n'avait jamais vu un bateau ravagé par le feu lutter à ce point contre les éléments déchaînés. L'incendie dispersait dans le vent des gerbes d'étincelles. Les mâts grinçaient et les flammes léchaient les voiles d'étai. Seuls les huniers émergeaient encore au-dessus de cet enfer. Mais combien de temps résisteraient les mâts avant de brûler à leur tour ? On avait défoncé le pont à la hache afin de ralentir le désastre, et l'eau s'engouffrait à l'intérieur. Le bateau était immobile. Il pouvait sombrer à tout moment, mais le jeune capitaine Nichols attendait l'aube. Avant de monter dans le canot, il voulait apprécier l'état de la mer. Enfin, sa grosse voix perça le fracas de la tempête.

– Maintenant, matelots ! Affalez !

La chaloupe glissa lentement des bossoirs et se posa sur les flots.

Les marins sautèrent dedans, entraînant Millicent avec eux. Ces hommes étaient plus que des hommes ! Ils étaient de véritables marins, calmes et sereins en pleine tempête. Les dents serrées, le geste précis, ils agissaient sans précipitation tandis que des vigies guettaient les grandes vagues.

– Venez, capitaine !

On aurait dit un ordre surgi des profondeurs. L'appel avait été lancé par le vétéran de l'équipage.

Le capitaine courut rapidement des haubans au beaupré. Le *Patmos* s'enfonçait par la poupe. Une épaisse fumée montait des écoutilles vers les trois mâts noircis, dont les voiles enflammées, battues par le vent, dansaient un sinistre ballet.

Point de feux Saint-Elme en haut de la grande hune. Par miracle, le bateau flottait encore. Les naufragés s'arrêtèrent quelques instants, ballottés à la crête de vagues furieuses. Le capitaine maintenait le gouvernail d'une main ferme. Mais il n'y a pas de miracles sur les eaux du cap Horn. Le *Patmos* sombrait inéluctablement. L'ouragan secouait le canot, le propulsait au sommet des vagues et le précipitait dans des gouffres liquides. Le capitaine et les matelots étaient trempés. Ils ramaient inlassablement. Sur le *Patmos* les mâts chancelaient, les vagues avaient éteint le feu. Et soudain le grand voilier coula, avalé par la gueule béante du cap le plus redouté de la planète.

Durant la journée du lendemain, les rescapés demeurèrent dans l'expectative, écopant l'eau glacée qui avait envahi le canot. Sales, ivres de fatigue, ils semblaient avoir été vomis par un énorme escargot noir. Nichols et le pilote se relayaient fréquemment au gouvernail. Ils avaient pu sauver un compas de navigation grâce auquel ils maintenaient le cap au nord. La nuit suivante fut un combat sans merci, avec les rames pour seules armes. Ils luttèrent jusqu'à l'aube, ramant et écopant sans relâche. Enfin le jour se leva. De la crête des vagues ils purent distinguer la ligne brisée des basses cordillères. Ils étaient proches des côtes de la Terre de Feu !

Soudain, ils aperçurent les voiles d'un bateau qui avait essuyé la même tempête. Il naviguait à la bouline, voiles carguées. La mer démontée l'obligeait à maintenir son axe de façon à former avec la direction du vent un angle qui donnât au bateau le minimum de gîte. Il disparaissait parfois, aspiré par les trois grandes vagues qui rythment la rencontre du Pacifique et de l'Atlantique. L'un vient de l'ouest, poussant des collines d'eau qui balaient ponts et équipages, et l'autre avance de l'est, moins haut, mais avec une puissance venue des profondeurs qui abat des coups de marteau sur l'œuvre vive, ouvrant des voies d'eau ou retournant le bateau quille en l'air d'un seul coup.

– Souquez ! Souquez ! criait Nichols qui distinguait maintenant le beaupré et la dunette de l'autre bateau.

Les trois mâts qui portaient des voiles haut carguées lui firent penser à la Sainte-Trinité.

Encourageant les rameurs, il essaya de se rapprocher du bateau, tandis que celui-ci se mettait sous le vent. Des heures durant, les marins luttèrent comme seuls en sont capables ceux qui veulent sauver leur peau. Un petit nuage de fumée… Ils avaient tiré un coup de fusil ! C'était un bateau assez bas, à la coque rouillée. On apercevait les matelots regroupés contre la rambarde qui s'élevait chaque fois que le voilier donnait de la gîte.

Quand le canot fut assez près, les marins lancèrent des câbles. C'était un équipage britannique. L'épouse de Charles Nichols fut la première à monter à bord, tandis que la violence du vent inclinait de nouveau le bateau qui s'appelait le *Petricia*. Les naufragés grimpèrent le long des chaînes ; le dernier fut le capitaine Nichols, qui portait sur lui les papiers du *Patmos*. Peu après, le canot fut rejeté au loin par le retour d'une vague qui éclata contre la coque rouillée du *Petricia* et finit par couler solitaire, sa mission accomplie.

– Vous auriez été plus en sécurité sur notre chaloupe, capitaine, dit Nichols en souriant.

Le capitaine anglais, qui montrait un visage soucieux, approuva en silence. La violence du vent laissait présager une forte houle. Quatre hommes se tenaient à la barre ; c'étaient eux que les naufragés du *Patmos* avaient aperçus lors de la miraculeuse apparition du *Petricia*. Les rafales se succédaient, giflant le bateau, l'inclinant sur ses dalots et le poussant dangereusement vers les récifs. Le *Petricia* se trouvait déjà à l'ouest du cap Horn, non loin de la côte que Nichols, épuisé, avait à peine remarquée.

– Nous avons perdu du terrain pendant des heures et nous risquons maintenant de nous fracasser sur les rochers. Cette côte est maudite, capitaine.

Un vent de travers se mit à souffler violemment vers la côte. Ce n'étaient plus ces *wileways* qui s'abattaient en trombe, mais un gros vent qui drossait le bateau.

– Je connais bien cette côte, capitaine, dit le jeune Nichols qui ajouta : Si vous n'y voyez pas d'inconvénient…

– Prenez le commandement, jeune homme, répondit le capitaine anglais qui murmura : Je crois que tout est perdu.

– Tout le monde sur le pont ! Tout le monde sur le pont !

L'ordre du nouveau commandant fut répercuté de la proue à la poupe, de la quille à la grande hune.

Le capitaine Nichols se retrouvait en pleine action ; c'était un jeune et vigoureux loup de mer. Les équipages anglais et américain réunis coururent sur le pont inondé. Nichols envoya sur la dunette ses propres pilotes, ceux en qui il avait toute confiance.

– Larguez les huniers ! secouez-vous, bon Dieu, c'est votre peau qui est en jeu ! Vite ! s'écria-t-il en s'emparant de la barre.

Les nouveaux ordres électrisèrent l'équipage. Les gréements d'acier furent réparés avec célérité, ainsi que les grands tourniquets métalliques et les mâts endommagés. Un escalier de fer en colimaçon fut redressé à la force du poignet afin que l'on pût accéder à la hune. Les écoutes furent halées. Le bateau tremblait de toute sa carcasse, mais les hommes restaient fermes à leur poste. Le *Petricia* semblait reprendre souffle. Parfois un juron fusait, bien que le jeune Nichols eût répété : « A bord, il vaut mieux un coup de pied au cul pour écarter un maladroit ou une canaille que d'insulter grossièrement sa mère. » La coque du bateau gémissait sous l'assaut des énormes vagues. Les matelots tendirent les drisses des huniers, de la grand-voile et de la brigantine. Grâce à l'habileté de Nichols le bateau maintint son cap, jusqu'à ce que les mâts aux voiles saturées d'eau et d'écume et le plat-bord côté sous le vent lui fissent donner davantage de gîte. Mais il avançait. Aussitôt que les voiles d'étai furent déployées, les mâts se courbèrent. On hissa la grand-voile. Le hunier de misaine se déchira. En pleine tempête personne ne s'en rendit compte. Nichols tenait fermement la barre. Sa jeune épouse s'agrippait au mât de misaine. A tout moment le bateau pouvait sombrer. Tout grinçait et vibrait. Les petits huniers claquaient au vent comme de vulgaires chiffons. Le vieux capitaine anglais s'était retiré dans sa cabine, épuisé par tant d'années et tant de combats livrés au passage du cap Horn. Si l'équipage l'avait vu se signer et se mettre à prier au pied de sa couchette, son énergie eût faibli. Comme il croyait le

Petricia condamné au naufrage, tout ce que ferait désormais le capitaine Nichols, ce Yankee au teint sombre, serait pour le mieux. Mais il voyait déjà son bateau se fracasser contre les rochers.

Cependant, le *Petricia* avait trouvé un nouveau maître. Ce n'était plus un chien errant abandonné en pleine mer, ni un guanaco blanc affolé par le fracas des fusillades. Le *Patmos* avait été ravagé par le feu; le *Petricia* était menacé par les flots déchaînés. Mais parmi les gens de ce double équipage se trouvaient des individus capables de sauver tous les bateaux du monde en perdition.

Noyé dans la brume et l'obscurité, se cachait un piège, véritable cimetière de bateaux, entre le faux cap Horn et les îles Ildefonso.

Les Ildefonso sont un groupe d'îlots et de rochers qui s'étendent sur cinq milles en direction du sud à 60° est et au nord à 60° ouest, sur le même parallèle que le cap West de l'île Hermite, où se tient tapi le véritable cap Horn. Les Ildefonso en sont distantes de 47 milles et de 13 de la pointe Ragged à l'extrême sud de l'île Morton. Le point culminant de cette île ne dépasse pas les 35 m, et son profil transversal est très étroit. Quand les grands icebergs la heurtent, on entend les échos d'une gigantesque canonnade. Le relief des Ildefonso tout en arêtes émergeant à fleur d'eau fait songer à une chaîne de montagnes englouties. Elles forment toutefois un refuge sûr pour un bateau qui parvient à franchir ces brèches. Les navires peuvent passer à courte distance sans danger. Les chasseurs de phoques s'y rendent fréquemment, mais préfèrent le taire, car les phoques à fourrure, les petits surtout, sont très recherchés par les fourreurs de Londres et de New York. En une saison de chasse, une seule goélette américaine avait récolté quarante mille peaux.

A la tombée de la nuit, le *Petricia,* grâce à sa robustesse de bateau des chantiers de la Clyde, avait retrouvé suffisamment de tirant d'eau. Le capitaine Nichols pilota sans relâche, avec tous ses hommes sur le pont. A l'aube, un brusque changement de vent, fréquent dans ces parages, leur permit de doubler le cap Horn. Comme le *Patmos,* le *Petricia* transportait une cargaison de charbon du pays de Galles destinée au Chili, où il arriva enfin, avec la jeune femme saine et sauve, dont l'aspect figé de figure de proue déboulonnée n'était plus qu'un mauvais souvenir.

Les routes maritimes n'ont guère de points communs avec les routes terrestres : sur celles-ci, les hommes ne se perdent pas facilement, même si la mémoire peut leur jouer de mauvais tours. Pour Georgina Sterling, adolescente de dix-sept ans, l'expérience acquise à la cantine du Pelé était aussi précieuse que l'argent et les pépites d'or du tiroir-caisse d'Esther ; c'était l'expérience de la vie même, qui allait et venait à l'embouchure du Río Grande.

21

En l'espace d'une année, le poste du Páramo, où s'étaient installés Doimo Grotzen et Georgina Sterling, avait donné une moyenne de mises bas de soixante-dix pour cent. D'autres pâturages donnaient quatre-vingt-dix, voire cent vingt pour cent ; mais celui dont s'occupait le nouveau couple était en terrain sablonneux.

Ce n'était un secret pour personne que « l'Autrichien » avait dû négocier ferme avec Esther et le Pelé, avant d'épouser Georgina devant le policier qui tenait le registre d'état civil de Río Grande.

Il lui fallut aussi demander à l'administrateur de l'estancia Río Cullen d'ajouter au petit ranch une pièce en bois de charpente de trois mètres sur cinq, où s'installa la jeune mariée. Arturo Stewart fut leur témoin de mariage. Pour le repas de noce, Grotzen fit griller des abats, surtout des ris, en grande quantité. Le banquet et la fête furent fastueux. « Quand on travaille, on travaille et on mange ; quand on boit et on danse, on mange aussi », avait coutume de dire Georgina en conduisant les chevaux s'abreuver au bord du fleuve.

Le Pelé lui avait appris à tuer les moutons sans les faire souffrir. On couche l'animal par terre, on écarte délicatement la fine laine de la gorge où on pratique l'incision en tirant la tête vers l'arrière, sur le genou plié, et, de la pointe du couteau on porte le coup final, à la manière d'un habile torero. Tuer est un métier. Celui qui tue un animal d'une main inexperte donne un triste spectacle et sombre à son tour dans l'animalité. Grotzen, lui, armé d'un hétéroclite attirail de mineur, passait son temps à laver les sables noirs et à examiner la pierraille que les tempêtes arrachaient aux falaises, ou qu'il détachait lui-même à coups de pic des rochers de la côte. Le brise-lames du Páramo était une véritable broyeuse, une concasseuse millénaire de métaux sous-marins au service des aventuriers venus à leur recherche des quatre coins du monde.

Au début de l'automne, l'accouplement des moutons et des brebis fut un spectacle nouveau pour Georgina. Ceux de race corriedale arrivèrent de Cullen en avril ; il y en avait trente-trois pour mille brebis. La campagne était aride en de nombreux endroits, surtout au bout de la péninsule crevassée qui se terminait en moraines déposées par les anciens glaciers. Composées de prairies herbeuses isolées au milieu des sables, les grandes étendues du poste du Páramo permettaient d'accueillir trois mille brebis. Celles-ci flairèrent l'arrivée des moutons et commencèrent à défiler à travers ravins et collines, devant les moutons, jeunes pour la plupart, qui humaient dans l'air une odeur plus mystérieuse que celle des herbages.

Les saillies se déroulaient sous le regard professionnel des gardiens de troupeaux. Grotzen devait veiller à ne pas perturber les accouplements et à laisser les vieux boucs réunir leur harem de brebis. Quand les gardiens repartirent à l'estancia Río Cullen, Grotzen apprit à Georgina comment contrôler les saillies et parcourir régulièrement à cheval les sept mille hectares réservés aux trois mille brebis et à leurs agneaux. Les touffes de coiron et d'herbe côtière se mêlaient au trèfle, aux marguerites multicolores, aux lichens et aux nombreuses plantes rampantes qui naissaient des rencontres de la mer et de la terre. Sur les îlots herbeux, on pouvait voir un mouton princier entouré d'une douzaine de femelles. Parfois, les bêtes qui se retrouvaient isolées par une forte marée haute risquaient d'être englouties dans un bourbier à crabes. Il fallait les tirer de là à cheval et sauver prioritairement les mâles, peu nombreux.

Peu à peu, Georgina se rendit compte de l'importance de son travail; mais si elle le prenait tant à cœur, c'est qu'il lui offrait la liberté de partir à cheval pour de longues randonnées, abandonnant Grotzen à ses prospections minières.

Il n'en finissait pas de rafistoler ses installations, particulièrement la cabane qu'il avait construite derrière la pointe du Páramo, où il s'isolait des journées entières. Ce n'était rien d'autre qu'un abri fermé par un cadenas, où il rangeait sa « douche » californienne, une batée en cuivre, au lieu de celle en bois que la mer avait emportée à marée descendante. Il parcourait les plages à cheval, sa « californienne » en croupe, rêvant aux trésors que les tempêtes déposaient dans les sables ou arrachaient à la pierre.

Mais les « moissonneuses d'or » qui avaient fait la fortune de Julius Popper ne lui avaient pas laissé grand-chose. On disait que le terrain avait été vendu pour une caisse de whisky à Schaeffer et que celui-ci l'avait revendu à Grotzen, lequel avait passé un accord avec la société d'élevage de Río Cullen afin de conserver son poste à cent pesos argentins par mois et la liberté de continuer à chercher de l'or. Puis il avait conclu un arrangement semblable concernant sa femme : la compagnie autorisa Grotzen à l'emmener à condition qu'elle effectuerait les tâches domestiques afin qu'il consacrât plus de temps aux patûrages du Páramo. Mais ce fut l'inverse qui se produisit; il apprit à Georgina l'essentiel du travail de gardien de poste et passa le plus clair de son temps à fouiller les sables.

En juillet, les hommes de l'estancia Río Cullen vinrent rechercher les moutons. Ils les trouvèrent amaigris et fatigués; comme ils étaient grands et couverts de quatre ou cinq kilos de laine, il fallut les extirper des barbelés en leur posant un genou sur les flancs tandis qu'un autre homme les empoignait par la laine de la panse et les tirait à lui d'une secousse. On les arrachait sans ménagements à leur harem, auquel ils laissaient un ou deux agneaux par brebis, qui perpétueraient la race corriedale, dont la chair et la laine étaient très prisées pour l'exportation. Les lincoln, eux, sont hauts sur pattes, presque de la taille d'un guanaco, mais à la laine épaisse et fournie ; les *romey marsh* portent une fine laine frisée qu'il faut tondre autour des yeux afin qu'il puissent avancer vers l'abattoir. Les brebis donnaient souvent le jour à deux agneaux, mais les caranchos et les implacables mouettes pillardes se chargeaient d'en massacrer bon nombre.

Il arrive que les rêves forcent le destin. Grotzen rêvait d'obtenir des petits de la renarde rouge, tombée dans ses pièges, et de son berger allemand. Le renard fuégien est plus grand qu'un chien sauvage, de la tête à la queue sa taille approche celle d'un homme moyen et son poil est raide et plutôt grossier. Son pelage rougit progressivement jusqu'à l'échine où une frange noire s'étire du cou jusqu'à la longue queue. Dans la nuit, ses yeux étincellent et ses aboiements deviennent obsédants s'il poursuit en bande un cheval. Pourtant, en plein jour, ils tombent facilement dans les pièges tendus sous les broussailles, attirés par un simple chiffon rouge posé la nuit par le chasseur au bout d'une branche. Ils vont vérifier s'il s'agit de viande et s'engagent sans méfiance au milieu des fourrés où les mâchoires de fer se referment sur leurs pattes. Ils tentent alors de se dégager, et parfois le chasseur retrouve une patte arrachée ; mais en général ils restent tranquilles, et ce n'est que lorsque l'homme approche qu'ils deviennent enragés et qu'il faut alors les tuer, à coups de bâton ou de hache. Ce sont de véritables fauves, mais ils sont tendres avec leurs petits, qu'ils nourrissent au péril de leur vie.

Grotzen allait en faire la douloureuse expérience. Il vivait depuis un an et demi avec Georgina et le couple semblait heureux. De temps à autre ils se rendaient à la gargote de Santiago Vrsalovic et de Militza. Lorsque

Georgina se retrouva enceinte pour la première fois, Grotzen la conduisit auprès de Militza pour la faire avorter. La jeune épouse pleura, implora, car c'était le fruit de sa première union, son premier bébé, et elle ne comprenait pas pourquoi le père, qui aurait dû se sentir heureux, rejetait ainsi son propre enfant. La discussion avait été tellement violente qu'elle lui rappelait sa nuit de noces, durant laquelle sa « savante ignorance » avait sombré dans une mare de sang. Ivre, Grotzen s'était comporté brutalement. La jeune femme, qui s'était gavée d'abats grillés et avait bu un punch de mariage aux œufs d'outarde, s'était évanouie, puis, baignant dans son sang, elle s'était péniblement relevée, et avait uriné dans le seau en fer accroché derrière le lit. « Tu ressembles à une chienne qui vomit pour donner à manger à ses petits » avait grogné Doimo ; puis il s'était endormi en ronflant. Désespérément accrochée au montant du lit, la gamine éprouva pour la première fois le besoin d'avoir sa mère à ses côtés.

« Men Nar… » appelait-elle, et les mots de son enfance, avec lesquels elle s'adressait à sa mère, revenaient confusément sur ses lèvres. « Ma man, Mena… viens… viens me chercher… »

Elle s'effondra de nouveau et s'endormit par terre, dans le désordre de ses sous-vêtements qui ne masquaient rien de cette terrible première nuit d'amour. Grotzen croassait comme un corbeau de mer, de ces volatiles qui s'endorment sur les arbres côtiers et dont les excréments brûlent les branches jusqu'à ce que l'arbre meure sur pied.

Georgina fit un rêve. Elle entendait les femmes du bordel qui la poursuivaient en criant : « Mabel… Mabel du Cap… Où vas-tu ? Ça va être pire que chez le Pelé… Mabel, Mabel », et elle se vit : grande, le nez saillant, haut planté, et non le nez porcin de son mari… mais non… ce n'était pas son mari… c'était son père, George Sterling, qui la regardait durement et lui criait : « Fous le camp ! »

Elle se réveilla en sursaut. Serait-il arrivé quelque chose à son père ? Elle se souvint que dans son rêve elle avait assisté à une bagarre à poings nus entre les gens du bordel de la Cinchón et ceux de la Vieja Encaña. Les meilleurs cogneurs étaient les Malouins Arturo Stewart et George Sterling. A un moment, quelqu'un lança un couteau à dépecer qui se planta dans un dos.

Ce rêve, dans la nuit tourmentée du Páramo, lui fit penser pour la première fois qu'à dix-huit ans, elle avait déjà un lourd passé. Un lourd et long passé, comme si soudain, au seuil de ce rêve, elle avait vieilli à l'image de ses ancêtres. Elle se souvint de sa mère, des légendes et croyances racontées à mi-voix. Elle revit le Pelé et sa femme, dans leurs bons et mauvais jours ; le Hongrois Schaeffer qui venait la voir pour écouter ces mazurkas qui lui écorchaient les oreilles. Et les cadeaux d'Ojeda, le laitier de la Tercera Argentina ; il lui avait même demandé de l'épouser, le jour où il changerait de métier. Il n'était pas revenu, mais il lui avait offert ce disque, *Patagonie lointaine*.

Le jour de son anniversaire, Grotzen lui avait ramené de la boutique de Vrsalovic un coupon de lamé brillant pour qu'elle se fasse une robe. Le tissu était d'un vert chatoyant.

– Enlève ces pantalons de virago ! Je veux voir des robes chez moi ! ordonna Grotzen d'une voix dure.

Mais au lieu de lui obéir, Georgina enfourcha son cheval et porta le coupon à Militza pour l'échanger contre un autre de couleur jaune hyacinthe. Le vert perroquet du lamé ne lui plaisait pas. Grotzen, qui était pingre, lui avait acheté deux mètres et demi d'un tissu que portaient les putains de Río Grande. Militza rajouta un mètre et demi en douce sans le dire au vieux Vrsalovic et sans le noter sur le livre de comptes. A partir de ce jour, Militza fut une amie sûre pour Georgina, elle qui avait tant appris à se méfier des autres. La blonde Militza, aux beaux yeux bleus opalins et au visage pâle, se plaignait en permanence d'une sciatique contractée à force de monter à cheval depuis qu'elle avait perdu son premier fils.

La gargote de Santiago était une sorte de relais où s'arrêtaient des voitures et des chariots tirés par des chevaux ou des bœufs, chargés de balles de laines ou de peaux qui étaient embarquées sur la plage de San Sebastián. Là mouillaient des bateaux comme le *Southern Breeze,* le *Río Gallegos,* le *Santa Cruz,* l'*Austral,* l'*Antarctique* et la goélette de ce cinglé de Grez, célèbre parce qu'il faisait la course avec le *Fair Rosamonde.* Grez avait appartenu à la Marine chilienne et, lorsqu'il avait pris sa retraite de premier lieutenant, il avait épousé Gerda Böhr, une beauté des Magellanes, fille du capitaine norvégien Juan Böhr, lequel jouait admirablement du violon et de l'accordéon. « Grez le cinglé » naviguait entre les ports de la côte argentine et chilienne sur sa *Gerda,* ainsi baptisée par amour pour sa femme. Les capitaines à la retraite ne manquaient jamais l'accostage de Grez au môle de Punta Arenas. Par bon vent, amenant les voiles et glissant sur son erre, il fendait l'eau majestueusement tel le *Caleuche,* le mythique vaisseau fantôme qui hante les îles de l'archipel de Chiloé. Il repartait au coucher du soleil et Gerda l'embrassait une dernière fois sur le quai. Arrivé à San Sebastián pour embarquer des chargements de laine, il laissait les opérations sous la responsabilité du contremaître. Sympathique et jovial, on se disputait sa présence dans les estancias des deux côtés de la frontière. Il disait qu'au Chili il dansait des tangos, et en Argentine des cuecas. Raison pour laquelle la Marine l'aurait obligé à prendre sa retraite, car, selon la rumeur, il avait un jour eu l'idée, alors qu'il n'était qu'un simple lieutenant, de faire interpréter à l'orchestre du bagne d'Ushuaia l'hymne national chilien sur un rythme de cueca, qu'il s'était mis à danser en plein canal Beagle alors que la tempête menaçait. Il aurait dû accéder au grade de capitaine de corvette, mais il prit sa retraite avec sa solde de lieutenant, ce qui l'obligea à s'associer avec un patron pêcheur ; ainsi put-il conserver le niveau de vie qu'exigeait son épouse. Son beau-père norvégien lui disait souvent qu'il n'était rien de plus respectable que la musique ; que violon et accordéon, l'un raffiné, l'autre ordinaire, l'un de tripes et l'autre de vent, doivent faire bon ménage. Ainsi était l'amour conjugal : nul ne devait pouvoir distinguer la mélodie de la femme de celle de l'homme.

Georgina rendait souvent visite à Militza. Elle y rencontrait parfois son parrain, qui lui avait offert les élégantes bottes en chevreau jaune, suspendues depuis des années à une poutre de la boutique, et que personne n'avait achetées à cause de leur taille. Georgina les essaya ; elles lui allaient bien. Le cuir jaune s'harmonisait avec la couleur hyacinthe de la robe. Ce jour-là, Georgina eut l'impression d'avoir fait peau neuve. « Je ne me reconnais plus ! » s'exclama-t-elle en se voyant dans le miroir de Militza.

Elle enfonça la jupe dans les bottes, comme une chiripa[1], et partit au galop sur son Fideo, un alezan demi-sang aux fines pattes, meilleur pour les courses sur herbe que sur le sable où il devenait incapable de rattraper un vieux guanaco.

De la fenêtre de la cuisine, la voyant galoper au milieu du paysage vallonné, les cheveux flottant au vent, Militza envia cette liberté juvénile ; mais elle pensa qu'il lui faudrait pratiquer d'autres avortements et ressentit de nouveau la souffrance de ne pouvoir donner le jour à des enfants, alors qu'elle supprimait ceux de Grotzen par quelques gestes ou des breuvages de salsepareille et d'églantiers...

1. Pantalon bouffant.

22

Les matelots qui chargent les bateaux à San Sebastián appellent marées hautes les mouvements qui se produisent avec les syzygies d'été. A la fin de la tonte commençaient celles du mois de février qui permettaient aux bateaux d'accéder au bord de la piste, où arrivaient les chariots tirés par quatre chevaux. Juché sur une espèce de trône au-dessus des roues avant, Charlie Duncan, un vieux Londonien au chapeau melon enfoncé jusqu'aux oreilles, transportait les grosses balles de laines et de peaux de la Tercera Argentina, qui lestaient les cales des bateaux.

Nul besoin de quais et de grues pour le capitaine Cabello du *Río Santa Cruz,* pilote des canaux, qui faisait escale à Bahía Inútil, au Chili, comme à San Sebastián, en Argentine, pour charger et transporter les marchandises à Punta Arenas. Les treuils de ce bateau de moyen tonnage suffisaient pour transborder les balles du chariot.

Un cavalier aux vêtements couleur hyacinthe galopant sur un alezan fut souvent aperçu dans les parages. Pour certains c'était une apparition, qui donna naissance à de nouvelles rumeurs et légendes du Páramo.

En passant du poste de garde des carabiniers chiliens à celui des gendarmes argentins, on entendait parfois les pires commentaires. Un jour, Mr Johnson, administrateur de la Segunda Argentina, tomba au beau milieu d'une prairie sur une créature vêtue d'une robe hyacinthe, coiffée d'une toque de renard, cravache à la main, tenant en bride un cheval pie. Il ordonna d'arrêter la voiture. Il n'en croyait pas ses yeux. Il avait déja vu des reproductions de tableaux de peintres anglais dans les maisons des administrateurs d'estancias ; mais aucune comparable à cette Fuégienne immobile au pied des contreforts de Carmen Sylva. Son premier mouvement fut de descendre de l'auto pour présenter ses respects à cette « reine du Páramo ». Mais son élan fut brisé net par le geste autoritaire que fit la jeune femme avec sa cravache, ordonnant que l'auto poursuivît son chemin.

– Continuons ! ordonna Johnson.

Mais il regarda derrière lui et l'image de la jeune femme à cheval se grava étrangement dans sa mémoire.

– Tiens, voilà le père de Georgina ! annonça Vrsalovic qui vit l'auto au loin.

– Tais-toi donc, oiseau de mauvais augure ! répondit Militza. Comment ce gringo serait-il son père !

Georgina Sterling était d'une humeur maussade, car elle venait de voir Stewart. Ses pensées étaient tellement confuses qu'elle marcha en tenant son cheval par la bride et descendit vers la baie. Une bagarre entre Sterling et Stewart avait éclaté au cours d'une beuverie de fin de tonte à la Tercera.

Au bord de la mer, Georgina trouva un morceau de bouée de sauvetage en liège doublé de toile, et un manche de rame en pin d'Oregon qu'elle ramassa pour en faire un manche de pelle. Puis elle remonta en selle et, au lieu de se diriger vers le nord, elle prit au sud le long d'une prairie côtière où Vrsalovic avait quatre cents moutons destinés à finir en ragoût. Ils étaient comme les « agneaux de Dieu », d'un nombre toujours égal, malgré la proximité des autres pâturages…

En apercevant un grand guanaco au creux d'une dépression sablonneuse, Georgina retrouva ses reflexes ancestraux. Elle piqua les flancs du cheval et lâcha la bride. Nulle bête ne pouvait battre Fideo aux premiers trois cents mètres d'une course. Un vol de *queltehues* poussa des cris. Le guanaco dressa ses oreilles. L'alezan se cabra brusquement, malgré ses fines pattes, soulevant un nuage de sable. A cinquante mètres du guanaco, il se détendit comme un élastique et les deux animaux se mirent à galoper ; mais en arrivant à un coin de clôture, le guanaco franchit d'un bond les barbelés tandis que le cheval était arrêté net.

Georgina tendit les rênes afin d'éviter un accident désastreux pour elle et pour l'animal. En reculant prudemment, elle découvrit du sang sur une des pattes ; la bête avait piétiné du barbelé rouillé enfoui dans le sable. Elle mit pied à terre, lui caressa la bouche et appuya sa tête contre la sienne. L'une des quatre pattes blanches était rouge de sang. Lui flattant l'encolure, elle revint chez Vrsalovic pour soigner la blessure. Heureusement, le jarret n'était pas déchiré ; mais dès lors, Fideo ne put continuer à participer aux courses de San Sebastián, au cours desquelles Grotzen défiait le célèbre Tommy Duncan monté sur sa selle tendue de peau d'Indien. Le Grand Oyarzún, lui, gagnait les courses grâce à une main d'Indien Ona desséchée, cachée dans l'écurie du poste de Cerro Redondo. La veille de la compétition, il bouchonnait sa monture avec cette main. En pleine course, la main morte cravachait la croupe du cheval et effrayait l'adversaire qui ne pouvait le dépasser…

De temps en temps, Georgina trouvait des cordages abandonnés par les bateaux. Tout pouvait servir au ranch du Páramo. Un matin, après avoir rendu visite à Militza, elle aperçut une bande de caranchos qui disputaient quelque proie aux mouettes pillardes. Les *skua chilensis* venaient d'une plate-forme argileuse située entre la pointe Sinaï et le cap San Martín, où elles déposaient leurs œufs dans des cavités creusées par l'érosion.

Sur la Lagune des Cygnes, au nord de Puerto Porvenir, en Terre de Feu chilienne, ce prédateur considéré dans la région comme un véritable fléau vit sur des îlots à l'écart des autres oiseaux, en bandes voraces qui prennent un envol rapide. En janvier ils se concentrent en grand nombre, pour pondre sur différentes parties de l'île. La femelle, au plumage brun, reste sur son nid, installé sur une frange de terrain au bord de la plage. L'œuf, à la coquille verdâtre, est plus rond que celui des mouettes ordinaires. Destructrice de nids et tueuse d'oisillons, la *skua* défend les siens avec une rare férocité, dont Georgina gardait le souvenir grâce à une rame brisée qui ornait la chambre du ranch. Ces oiseaux l'avaient attaquée à coups de bec pour lui crever les yeux, ce qu'ils infligent à leur victime ou à tout ennemi qui envahit leur territoire de ponte. Elle avait dû se défendre à coups de corde, puis de manche de fouet, et, comme rien n'y faisait, elle s'était enfuie jusqu'au moment où elle avait trouvé ce manche de rame qu'elle avait brandi comme une épée et un bouclier, et grâce auquel elle avait encore ses yeux.

Mais cette fois, il s'agissait du cadavre d'un phoque dont s'étaient rassasiés caranchos et skuas en un véritable festin de chair fraîche. Le cheval effrayé renâcla. Les chevaux craignent particulièrement les caranchos, qui se posent sur leur dos quand la selle les a écorchés. Il arrive que, trop vieux et trop *« carancheados »,* leur maître les abandonne. Ils sont alors repris par quelque chemineau en quête de travail. Des deux côtés de la frontière ils portent le même nom ; les chômeurs les appellent « chevaux-patries », parce que ces hommes n'ont pas d'autre patrie que l'échine meurtrie de ces animaux abandonnés qui parfois se rétablissent.

Georgina prit son couteau, non pour dépecer le phoque – ce n'était pas un mouton mort dont il fallait récupérer la peau –, mais pour découper les nageoires pectorales et caudales, à l'épaisse peau noire, que les charognards avaient laissées intactes sur le squelette parfaitement récuré. Pour la première fois Georgina pensa à son propre squelette. Elle avait égorgé des brebis, assommé des renards enragés pris au piège, qu'elle avait dépecés sur place, mais elle ne s'était jamais représentée son squelette enveloppé de chair, de sang, de nerfs.

Ce fut comme un sentiment de solitude fulgurante qui la saisit jusqu'à la moelle, une révélation qui ne cessa de la troubler pendant ses errances dans le Páramo. Puis elle pensa à Grotzen qui l'attendait et elle se rendit compte qu'elle avait besoin de lui. C'est peut-être pourquoi elle avait pris l'étrange décision d'accepter sa demande en mariage.

Ces mains, ces pieds de phoque étaient comme les siens, comme ceux de Grotzen ; les siens chaussés de bottes de chevreau, ceux de son mari, de grosses bottes de mineur. Le cheval continuait de renâcler. Elle dut l'attacher à bonne distance pour s'approcher, couteau en main, du squelette du phoque. Elle coupa les os aux articulations et emporta les quatre nageoires tels des gants et des chaussures trouvés sur le chemin. Mais alors qu'elle les attachait à la selle malouine qu'elle affectionnait, le cheval se mit en colère. Il piaffa, voulut se débarrasser des rênes et, n'y parvenant pas, se cabra. Georgina resta calme, contemplant la peau du zain si semblable à celle du phoque. Elle tapota l'animal qui s'apaisa peu à peu. Georgina le détacha et s'élança au galop au milieu des caranchos et des mouettes qui digéraient leur festin.

Au ranch, elle déposa les nageoires du phoque sur le toit de l'écurie pour les faire sécher au grand air. Doimo Grotzen l'attendait impatiemment avec un plat de côtelettes grillées.

– A table ! ordonna-t-il – mais en la regardant de biais il ajouta : Qu'est-ce que tu as ramené ? On dirait des ailes.

– Des nageoires de phoque pour me faire des sandales et des bottes…

– Tu es folle, fillette ! Avec ces bottes jaunes, ta robe extravagante et maintenant des sandales de phoque, un de ces jours tu vas t'attirer des ennuis…

– Mais c'est du phoque à fourrure, tout brillant !

– Il faut dire qu'avec cette robe et tes jolies gambettes,

tu es assez tentante, et tes cheveux blonds comme la paille et ces yeux verts comme la prairie..., eh bien, eh bien, tu ressembles à Saarong Teleg...

– Qui c'est, cette Saaron Teleg ?

– Une blonde qui s'est un jour pointée à la Tercera ... Ils ont failli la bouffer. Tu sais que des chaussures en peau de phoque ça porte malheur. C'est la seule chose dont je suis sûr depuis que j'ai trouvé la plus grosse pépite d'or de la Terre de Feu.

– Où ?

– Un jour avec Mimica et Kovacic à Porvenir... Bon, j'en avais marre de t'attendre et j'ai entamé la viande. Allez, mange maintenant...

Pour la première fois, malgré son appétit, Georgina repoussa avec répugnance la côte de mouton ruisselante de graisse.

– On pourrait penser que j'invente, mais c'est encore plus vrai que le croisement que je compte faire demain entre le berger allemand et la renarde. Ça donnera aussi des pépites d'or, mais sorties de mes propres mains, et aussi grosses que celle que j'ai trouvée avec Kovacic et Mimica. Au fait, comment va Militza ?

– Elle va bien et elle est gentille comme toujours, mais...

– Pourquoi ne serait-elle pas gentille ? Elle me plaît à moi aussi, Militza !

– Vieux cochon ! Il faut respecter Santiago, c'est ton ami !

– Petite chèvre aux pieds de phoque... Allez, va, toi aussi tu aimes bien la bagatelle...

L'histoire de Mimica et Kovacic resta en suspens. Grotzen était obsédé par sa quête de l'or. Il répétait inlassablement les mêmes anecdotes, qui s'écoulaient de sa mémoire comme les glaçons disloqués d'un fleuve au dégel. Ce n'étaient que vols de pépites, coups de poignard dans le dos, règlements de comptes ; lui n'avait pas besoin de se battre car d'une seule main il assommait son adversaire. Un coup de tranchant sur la nuque et le tour était joué. Il n'allait tout de même pas devenir un meurtrier pour n'importe quoi.

Au lever du jour, le Páramo était dans le brouillard. Doimo réveilla sa femme en imitant le chant du coq.

– *Beautiful day but cloudy !* s'exclama-t-il en apportant à Georgina un plat de côtelettes d'agneau avec un pot de maté et du pain pétri par ses grosses pognes.

Quand ils plaisantaient, ils parlaient en anglais ou en ona, intercalant parfois des mots des Yámana du sud du canal Beagle. Il lui montrait des photographies de ses aventures passées. Sur l'une d'elles, on le voyait avec quatre compagnons d'une équipe de chercheurs d'or, dont chacun tenait un crâne d'Indien dans la main. Cette photo terrorisait Georgina. Grotzen était le plus grand et le plus costaud du groupe. Les autres étaient alignés par taille décroissante, ainsi que les crânes, lesquels appartenaient à une famille indienne massacrée non par eux mais par d'autres chasseurs... Ils avaient ramassé les crânes pour les porter au patron du *Bar Caledonia,* au coin de la place d'armes de Punta Arenas. On payait quatre ou cinq livres selon la taille, et les crânes étaient ensuite remis au British Museum qui procédait à des mesures anthropométriques. Heureusement que le patron du cotre avait pris cette photographie. Un jour, un ivrogne était entré, heurtant violemment la porte du *Caledonia,* et les crânes avaient roulé comme des boules de billard. La police enquêta, mais quand on prouva que ce n'étaient pas des chrétiens qui avaient été assassinés, mais des Indiens, les douanes autorisèrent l'envoi des crânes à Londres... Et c'est là qu'ils se trouvent, au British Museum, auprès des statues de Darwin et d'Huxley.

La compagnie de cette jeune femme de dix-neuf ans avait quelque peu apaisé l'homme impulsif de soixante-trois ans qu'était Grotzen ; pourtant ses manies augmentaient. Tous deux étaient de bonne humeur en ce jour de début d'année, où les salsepareilles commençaient à dresser leurs hautes tiges entremêlées aux branches des matas negras qui ne craignent ni les tempêtes ni la glace.

Pendant le déjeuner, Grotzen recommença de disserter sur son sujet favori.

– Tu dois savoir, petite chèvre aux pieds de phoque... que dans cette maison je suis le seul à tout savoir, toi tu ne sais rien... Il faut donc que tu saches une fois pour toutes qu'il y a différentes manières de trouver de l'or et que c'est à cause de leur avarice que Mimica et Kovacic ont perdu leurs boules d'or. Il ne faut pas être avare quand on a l'or, parce qu'on peut tomber sur un os ...

» L'or en poudre, continua-t-il, est celui qui se trouve uniquement dans les sables noirs et bleus. Boule d'or mat, c'est comme ça qu'on appelle l'or qui n'est pas bruni. Comprends bien, ma petite Georgina... Ce gringo Sterling, dont le nom fait penser à la livre sterling, eh bien ce n'est pas ton père. Ton père, c'est moi. Le jour où Cochon Rouge et Sam Islop m'ont emmené au cap Domingo, c'est moi qui ai sauvé Men Nar et l'ai laissée partir. Tout le reste, c'est des histoires... qu'on ne vienne pas me raconter des conneries... *That is all !*

–*Is that so ?* Je le savais depuis longtemps ! A cause de mon nez pointu... comme le tien... incestueux... toi et tes revues pleines de cochonneries que tu caches dans la caisse à whisky...

– Quelles revues ?... Dis voir un peu.

– Ce n'est pas *Medianoche* ni *Les Vingt-sept Manières d'aimer d'un jeune Paraguayen*... Non, je veux parler de *Amour inavouable*.

– J'ai pas de chance avec le numéro vingt-sept... il ne sort jamais. Je m'en tire mieux avec le vingt-huit noir ! Va donc me chercher cette revue.

– Ce n'est pas une revue, c'est un mauvais roman

– Par la... merde de guanaco blanc !

Georgina resta silencieuse.

– Attends un peu que la marée monte... lança-t-il en riant, grognant et crachant par terre.

Elle lui apporta *Amour inavouable*.

– Tu as raison... c'est des histoires de pédés... Je n'aime pas les pédés, on est toujours emmerdé avec eux. C'est ce qui est arrivé au gringo Schilling à Río Grande.

– Oh... Tout le monde le sait depuis qu'on les a virés de la Tercera. Il a fallu les séparer. L'un vivait dans le petit réfectoire et l'autre avec les péons et les gardiens dans le grand réfectoire. Après une dispute, les hommes ont demandé à l'administrateur de les virer. C'est Stewart, mon parrain, qui me l'a raconté à la boutique du vieux Santiago.

– Ah, tu le savais, friponne, et tu ne m'avais rien dit ! Je n'en reviens pas qu'une gamine ignorante comme toi ait toujours le dernier mot...

– Je n'aime pas parler de ce que font les hommes avec d'autres hommes.

– J'ai su que quelqu'un avait descendu le gros Gómez, l'ami de Schilling.

– On l'avait pourtant averti que celui qui allait avec un hermaphroïte récoltait trois ans de malheur.

– On dit hermaphrodite, ignorant...

– Eh bien, moi, pendant la marque j'en ai châtré treize avec les dents ! Il y en avait treize !

Georgina s'était révélée une bonne châtreuse d'agneaux. Grande et bien charpentée, elle était devenue très habile pour attraper un agneau dans l'enclos, l'allonger sur une table et, tandis qu'un homme maintenait le petit animal par les pattes, avec son couteau à bout rond elle pratiquait une incision sur les bourses, sortait les testicules gros comme deux pois chiches et les arrachait avec les dents jusqu'à ce que les veinules cèdent. La plaie cicatrisait rapidement sans que l'agneau perde son sang. Doté d'une admirable denture, Georgina castrait les bêtes en douceur. Elle et deux hommes pouvaient castrer jusqu'à deux mille agneaux par jour, dans un troupeau de quatre mille brebis venant de mettre bas. Les « hermaphrodites » se distinguaient par leur petite queue jaunie d'urine et d'excréments. Les hommes ne les mangaient pas car ils portaient malheur.

Grotzen, qui se moquait de telles superstitions, les mangeait volontiers. D'après lui, la chair de ces animaux était un mets de choix réservé aux seigneurs féodaux de Bautzen. Si la nature les avait faits ainsi ce n'était pas leur faute. L'affaire du gros Gómez et du maigre Schilling n'était guère allée au-delà de la visite d'un gendarme de Río Grande, que Gómez avait mis au défi de le tuer. Le policier sortit son revolver et lui tira une balle en plein front. Ainsi était mort le « sodomite » qui « s'envoyait » le gringo vendeur de cigarettes Capstan, de tabac Caporal, de foulards de soie, de babioles et de parfums.

Grotzen, qui s'était habitué à la compagnie de Georgina, ne la quittait pas d'une semelle. Il se sentait moins seul dans son trou de sables aurifères. Georgina l'aimait à sa façon et aurait peut-être été plus heureuse s'il lui avait permis d'avoir un enfant. Mais elle était obligée de les rejeter comme des têtards. Chaque fois qu'elle se faisait avorter par Militza, elle contemplait tristement au fond de la cuvette cet embryon violacé et transparent. Elle châtrait à coups de dent, coupait les cordons ombilicaux des brebis, mais pensait pour la première fois à ce qui se produisait dans ses entrailles.

Grotzen se leva pour voir ce que faisait sa femme dans la cuisine. Il entra sur la pointe des pieds. Quand elle le sentit dans son dos, Georgina poussa un hurlement et, sans se retourner, le menaça avec l'Eskilstuna qui était très tranchant.

Grotzen recula, effrayé.

– Qu'est-ce qui t'arrive ?

– Tu es mon père, oui ou non ?

Grotzen baissa la tête et marmonna d'un ton accablé :

– Et si c'était vrai, qu'est-ce que ça changerait ? J'aurais sauvé ta mère de la mort et tu ne serais pas ce que tu es. Si tu avais été la fille d'un Indien, je t'aurais tuée depuis longtemps. C'est pour ça que je t'ai épousée, pour te défendre comme si j'étais ton père, comme ce fou de Sterling. Qu'est-ce qui est mieux ? Pourquoi toujours chercher un père ? Comme si une mère ne suffisait pas ! Chez les Sorabes de Bautzen, la religion donnait plus d'importance à la mère.

Georgina frémit au souvenir des oreilles et des seins tranchés par les chasseurs. Elle ne serait pas vivante, c'était vrai. Bien qu'elle fût la dernière Ona, on l'aurait pourchassée. Elle avait été sauvée par son métissage, dont avait profité Doimo Grotzen...

– Ne t'approche jamais comme ça, dans mon dos... dit Georgina. Depuis que Johnson m'a regardée bizarrement, j'ai peur de tout et de rien, d'une ombre qui s'approche de moi.

– Je ferai attention la prochaine fois. Il ne faut pas plaisanter avec ces histoires... Un père est aussi sacré qu'une mère, ne l'oublie pas.

– Père ou non, quand on ne sait pas très bien qui s'approche, il est préférable d'avoir un couteau à portée de main.

– Laisse-moi donc te raconter ce qui est arrivé à Mimica et Kovacic, à Puerto Porvenir. Tu vas rire et tu oublieras ces bêtises. Mimica était un homme grand, aimable, distingué, un vrai gentleman... Kovacic, brun, taille moyenne, costaud. Ils formaient une vraie paire. Ils utilisaient des chaussettes de coton pour presser l'or dans l'eau régale ; c'est ce qu'il y a de mieux. Kovacic et Mimica trouvaient de l'or brut dans les ruisseaux. Mais les pépites de grand carat sont en or très pur. C'est le rêve de tout orpailleur. C'est pourquoi on dit : « Tu as trouvé la pépite de ton cœur. » Lorsqu'ils la trouvent, les uns croient en Dieu, d'autres au diable. Parfois ils ont une image de la Vierge accrochée dans leur cabane. La terre, la mer, les eaux ont dû travailler des millions d'années pour fabriquer une pépite. Les grandes entreprises, elles, disposent de dragues, de machines pour charrier et désagréger les matériaux aurifères. Les Indiens croient que le Très-Haut a éparpillé de la poudre d'or dans le ciel ; mais pas des pépites ; ça, c'est le travail de la terre et c'est l'homme qui doit les chercher.

Ainsi Doimo Grotzen racontait à Georgina ses rêves de chercheur d'or, tout comme sa mère l'avait nourrie des légendes de l'Onaisin. Elle y croyait un peu. Ils aimaient en plaisanter et se moquer d'eux-mêmes. « Georgina Sterling, ma Gina », l'appelait-il affectueusement. Et, parodiant Popper : « Ma petite chouette blanche du Páramo »…

– Finis donc ton histoire de Mimica et Kovacic…

– …Ils sont arrivés un après-midi à « Proveñir », c'est ainsi que les Autrichiens appelaient le port chilien. Ils portaient dans leurs chaussettes deux boules d'or amalgamé, qu'ils avaient fait fondre dans une poêle. Et pour qu'on ne les leur vole pas, ils les ont enterrées dans la cour de l'hôtel où ils logeaient. Le soir ils ont fait la noce. Je les ai rencontrés dans un bordel, que fréquentait assidûment le capitaine Chiporro, un pauvre bougre de Punta Arenas dont la femme et les enfants se serraient la ceinture. Mais chaque fois que Chiporro venait relever ses filets derrière Punta Chilota, il arborait ses galons de capitaine. Surtout à la veille de Pâques et du Nouvel An où, après avoir remonté en trois jours de cinq à six cents araignées de mer, il se mettait à dépenser comme un amiral. On buvait à ses frais et, pour couronner le tout, il invitait tout le monde au bordel de Punta Chilota. On mettait à bouillir les énormes araignées. Les femmes se faisaient belles. Il fallait voir ces fêtes ! Dans un de ces tiroirs, il y a une photo où on me voit sur une barque en train de ramer en compagnie de trois ou quatre grosses putes. On dirait que la barque va couler par la poupe. Après le festin, on les amenait à bord du cotre pour leur faire passer l'équipage en revue. Elles aimaient bien. Et c'est comme ça que le capitaine Chiporro est devenu, entre Punta Arenas et Porvenir, un grand capitaine et un grand timonier des bordels…

Grotzen poursuivit :

– La fête commença cette fois avec Kovacic et Mimica qui n'avaient pas mangé une araignée de mer depuis un an. Fallait voir ça ! On a passé deux jours à boire. Ils aimaient les courses de chevaux du minuscule hippodrome installé par des Argentins. Les chevaux de course, des alezans dorés, noirs, blancs, cuivrés, étaient numérotés de un à sept. Mes deux Yougoslaves avaient tellement bu qu'ils ne savaient pas pour lequel ils pariaient. Moi, j'ai parié sur le deux, un bai, et j'ai gagné. Le deux m'a toujours porté chance, le quatre aussi et le lundi. Je les ai laissés jouer et je suis revenu à l'hôtel. Moi, je ne suis pas allé au bordel Je n'ai jamais beaucoup aimé les putes. J'aime les vraies demoiselles parce que je suis un vrai gentleman, fin, délicat avec les femmes…

« …Le lendemain, Kovacic et Mimica sont revenus à l'hôtel. Mais quand ils sont allés chercher leurs boules d'or enterrées dans les chaussettes, ils ont trouvé la terre retournée par un porc qui était entré en enfonçant une planche disjointe de la palissade, probablement attiré par l'odeur des chaussettes. Comme les cochons sont insensibles à l'or, ce sont les chaussettes qu'il a flairées, croyant que c'étaient des truffes. Kovacic et Mimica se sont plaints aux carabiniers. Tout le monde a été convoqué, du patron jusqu'au grouillot. Mimica était un vrai gentleman, il n'accusait personne ; mais Kovacic vociférait comme un porc qu'on égorge. Par moments il me toisait de la tête aux pieds… J'avais laissé mon revolver et mon chapeau à l'hôtel afin de pouvoir me présenter la tête haute. Je n'ai rien à voir avec des imbéciles qui enterrent leur or, leur ai-je dit en sortant. Le lendemain j'ai quitté l'hôtel et je n'ai plus rien su d'eux. Si quelqu'un en arrive à me soupçonner ou à me jouer un tour de cochon, je coupe les ponts ! Pour moi, c'est comme s'il était mort. Il n'existe plus !

23

En milieu d'après-midi, George Sterling arriva au grand galop à la section Carmen Sylva. Il sauta de son alezan, le conduisit à l'écurie et attacha le zain de trait à un piquet. Arturo Stewart et ses hommes se trouvaient dans les pâturages. Il fut accueilli par Fermín, le cuisinier, et Victor, un péon qui travaillait au jardin potager.

A son retour, Stewart fut surpris de voir son ami. Il pensa aussitôt à Reyes, qu'il avait durement renvoyé de l'estancia.

– Tais-toi, je vais te raconter, dit Sterling. Je voudrais passer la nuit ici et repartir demain matin. Il faut que je laisse souffler mes chevaux, parce que après le Gué des Cygnes, j'ai coupé rapidement par le Campo 22, pour ne pas passer par la Tercera.

– Je n'ai rien à boire. Je pourrais aller d'un galop chez le vieux Santiago pour acheter quelque chose. Mon cheval est frais ; tout à l'heure j'étais sur la butte d'où on voit la gargote et je suis rentré au pas. Si j'avais su que tu viendrais…

– C'est comme ça. On ne sait jamais ce qui nous attend. Envoie plutôt Victor sur ton cheval. Il faut absolument que je te parle.

– Repose-toi ; on va d'abord casser la croûte.

Pendant que Victor allait à la gargote, Sterling raconta à Stewart ce qui était arrivé. Depuis que le téléphone avait été installé à l'estancia et dans les sections, la femme de Johnson dérangeait les contremaîtres. Comme une enfant avec un nouveau jouet, elle téléphonait sous n'importe quel prétexte. Le bâtiment administratif se trouvait à deux kilomètres du petit réfectoire des contremaîtres et des employés. Le téléphone sonnait sans arrêt et elle demandait au comptable de lui faire envoyer quelque objet du magasin. Elle ne manquait pourtant de rien : jardinier londonien pour ses plantes, ses tomates et ses légumes de serre, garçons et servantes en tenue : une véritable lady. Un jour elle avait besoin d'huile d'olive, le lendemain c'était d'autre chose et ainsi de suite…

– La réputation de chaud lapin qui te vient des bordels de Río Grande a dû arriver à ses oreilles …

– Allez, arrête ; je ne suis pas d'humeur à plaisanter en ce moment.

– Mais moi j'aime bien me souvenir de la grosse Lastenia, surtout de la fois où elle a voulu nous mesurer… Tu l'avais plus longue et j'ai entendu ton rire triomphal.

– « Qu'importe si elle est petite pourvu qu'elle soit coquine ! » C'est ce qu'a dit Lastenia, je me souviens. Mais aujourd'hui je n'ai pas envie de rire…

– Les femmes jouent avec les hommes comme avec des enfants. Les agneaux, après avoir tété, se cognent à leur mère. Pour moi, l'agneau de Dieu et la Sainte-Trinité ne sont pas autre chose. Le Père, le Fils et le Saint-Esprit ; chacun porte la trinité en soi. Et quand la trinité est mal coordonnée, la tempête se lève dans le ciel, sur la terre et en mer. Aux Malouines, j'ai failli me noyer trois fois. Quand j'étais gosse, je suis tombé à l'eau. L'éclair circulaire de la mort, je le connais depuis qu'on m'a sauvé des flots… Ma mère et ma tante m'ont ressuscité à coups de baiser sur la bouche. Baiser… parfois je ne crois plus qu'en ça… Aux Malouines on dit : « Chie bien et tu vivras mieux. »

– Mme Johnson a commencé à me lorgner dès mon arrivée à l'estancia. Je crois que c'est pour ça qu'on m'a transféré à La Despedida…

– Et maintenant, ils t'ont viré ?

– Plus que ça ; le comptable Jensen en a profité pour m'humilier. Ce bigle baveux est un salaud. Il riait avec son œil de travers, vraiment ça lui faisait plaisir de me régler mon compte. « Et pourquoi ? » je lui ai demandé. « Je ne sais pas », il a dit. Ordre de la compagnie. De Mister Johnson en personne... Dis à Sterling qu'il rassemble ses chevaux et qu'il décampe le plus vite possible... »

– C'est tout ?

– Oui, rien de plus. Il s'est vengé parce que je l'ai arrêté net le jour où il allait assommer Perico d'un coup de planche. Ils étaient sortis pour se battre à poings nus, comme des hommes, sans témoins. Moi, je me méfiais du bigle et je suis arrivé au moment où il brandissait la planche. J'ai pu dévier le coup. Il est comme ça et menteur en plus. Il a raconté que Bianco, le rital, passait son temps à se moquer de Johnson. Pour que je sois viré, je suis sûr qu'il a inventé quelque chose contre moi. Il a dit aussi qu'une nuit de beuverie je lui avais volé un chèque.

– Dis-moi la vérité.

– La vérité c'est que je n'ai jamais volé ni signé un chèque. Quant à Mme Johnson, j'ai dû la toucher une ou deux fois. Parfois elle avait envie de monter Hackney, la jument du patron, et elle partait faire une promenade avec sa fille qui, elle, montait Chonqui. Elle aimait sortir le dimanche après-midi et aller jusqu'à Río Chico. La fille portait des pantalons et elle une jupe. Une bien jolie jupe. Pour régler la boucle des étriers elle relevait la jambe sur l'avant de la selle. Alors, je voyais rouge, comme dit Grotzen. Ma vue se brouillait devant cette longue jambe blanche et bleutée. Ses yeux aussi étaient bleus, sombres et profonds, ils semblaient me défier. Je transpirais en lui prenant le talon pour lui mettre le pied à l'étrier. J'avais envie de la mordre. Au Gué des Cygnes, on regardait les coscorobas, dans leurs nids de jonquilles flottantes, les oies et les cygnes à col noir avec leurs petits sous les ailes. La gamine partait galoper dans les pâturages et je restais avec la mère. On mangeait du jambon et des gâteaux avec du thé.

– Et rien de plus ?

– Le travail d'abord. Ce n'est pas pour rien si, dans les estancias, les hommes n'ont pas le droit d'amener une femme avant d'être second ou administrateur… En plus, une femme mariée, c'est toujours dangereux.

– Mais quand on voit des jupons, on a envie de les relever. C'est ce que j'ai dit à Georgina qui galope sur Fideo avec une robe hyacinthe.

– Tu as vu ma chère petite ?

– Je l'ai rencontrée ainsi habillée chez le vieux Santiago ; on dit que Johnson a fait arrêter sa voiture pour la regarder passer et qu'il en serait tombé amoureux.

– Saaron Teleg ! Voilà ce qu'a crié Militza quand elle l'a appris de la bouche de matelots qui s'étaient arrêtés boire un coup à la boutique.

– Qu'est-ce que ça veut dire : Saaron ?

– C'était le juron du dresseur chinois quand il montait des juments sauvages à cru. Il donnait un coup de cravache et lançait ce cri des anciens Mongols.

– Saaron Teleg, répéta Sterling comme une litanie.

Peu après minuit, Victor revint les bras chargés d'une bouteille de whisky, d'une de gin et d'une d'anis. La boutique de Santiago ne manquait de rien. Victor était un adolescent craintif, hypocrite et peu sûr. Pour s'excuser de son retard, il raconta que le vieux Vrsalovic lui avait offert un verre. Pendant ce temps une neige précoce se mit à tomber. Il ne s'en rendit pas compte. Sur le chemin du retour il s'égara, et s'il n'avait pas retrouvé l'endroit où il avait déféqué à l'aller, au pied d'une barrière, il se serait perdu. De plus, il avait sûrement bu à crédit.

– Et pour couronner le tout, ajouta Victor, j'ai été attaqué par un couple de renards. Ils me tiraient chacun de son côté.

– La femelle, de quel côté ?

– Comment distinguer le mâle de la femelle ?

– Tu n'as jamais chassé le renard ?

– Non.

– Quand ils sont en quête de nourriture pour leurs petits affamés, la renarde tire du côté droit et le renard du côté gauche.

– Il y en a un qui a sauté à la tête du cheval et l'autre, du même côté, m'a mordu à l'étrier ; heureusement j'ai enlevé le pied à temps, mais le cheval a failli me désarçonner et les bouteilles se seraient cassées.

– Il ne faut jamais enfoncer profondément le pied dans l'étrier, surtout les nuits où les renards ont faim ; ils deviennent féroces, de vrais fauves !

– Alors, compère ? Fume donc un bon caporal !

– Alors, parrain ? Je préférerais un cheval blanc pour arriver jusqu'à Espora, de là… la Patagonie !

Les bottes aux pieds, George Sterling se réveillait tranquillement au milieu de la chambre. C'était une pièce de quatre mètres sur six, où il avait dormi par terre plutôt que sur le lit de camp trop petit pour son mètre quatre-vingt-dix. Ils avaient bu, avec Victor, jusqu'à ce que le péon se retirât à moitié soûl. Alors ils étaient restés seuls tous les deux à vider les bouteilles de whisky, de gin et d'anis.

– Qu'est-ce qui est le mieux pour se remettre en forme ?

– Anis del Mono et une belle pouliche !

Ils avaient bu comme s'ils se voyaient pour la dernière fois. Le gin leur avait remis en mémoire le leitmotiv de Cochon Rouge : « Qui est le plus fort, la matière ou l'esprit ? », et ce problème posé, Stewart avait laissé Sterling, à moitié endormi sur la table, rêvant d'un long galop nocturne dans les plaines de Patagonie.

Ils achevaient leur déjeuner de porridge et de côtelettes d'agneau accompagnés de café et de pain, lorsque soudain la sonnerie du téléphone retentit. Stewart s'en fut répondre et revint alarmé :

– Il paraît que Johnson est parti dans son auto comme un fou.

– De quelle estancia ?

– De la Segunda ou de la Tercera… Quelle importance ?

– Une fois, il venait de la Segunda et quand il a traversé le Gué des Cygnes, le pont de glace a cédé.

– Ce n'était pas un pont mais simplement quelques glaçons.

– Il perd souvent la tête, Johnson.

– Mais il la retrouve vite ; en revanche, la tienne…

– Oui, oui ; si je ne pars pas tout de suite, je risque de la perdre.

Il sella son alezan, accrocha ses sacoches en toile et ses vêtements sur le cheval de trait et, avant de monter, serra la main à Fermín et à Victor. Puis, étreignant Stewart, il lui dit :

– Sois un bon parrain et dis à Georgina que son père est parti en Patagonie. Je vais jusqu'à Punta Espora et je prendrai une goélette pour traverser le détroit. Tu vas devoir te conduire comme un vrai père avec ma fille.

– Ne t'en fais pas, je veillerai sur elle.

– Surveille bien Grotzen et Johnson. On ne sait pas lequel des deux est son père…

– Il y a des doutes qui tuent.

– Et d'autres qui sauvent.

– Cheerio !

– Cheerio !

George Sterling n'utilisait pas d'éperons. Une pression des talons suffisait à lancer son cheval au galop et, si un inconnu avait le malheur de mettre le pied à l'étrier de son Malvinero, l'alezan aux yeux de chouette l'envoyait promptement mordre la poussière. C'est pourquoi père et fille fredonnaient : « Gringo, pourquoi m as-tu volé / mon cheval pangaré [1] / et condamné toute la vie / à marcher à pied… »

1. Cheval à la robe de cerf, réputé pour sa vitesse et son endurance.

24

Au Páramo, les événements se précipitèrent. Mains dans les poches, Grotzen faisait les cent pas devant le ranch. La lune achevait sa course et la rumeur des marées montait des brisants et des bas-fonds. Un couple d'albatros bruns, de ceux qu'on appelle « oiseaux agneaux », évoluaient dans le ciel transparent. Un petit oiseau effrayé posa sa queue sur le zinc de l'auvent, puis reprit son envol en piaillant, heureux car les albatros n'étaient ni des caranchos ni des skuas.

– J'ai envie d'envoyer le berger allemand à la renarde cette nuit. La lune a dû la réchauffer. Et les bourgeons de calafate me disent qu'elle se languit. Le chien aussi flaire la chaleur de la renarde, car il frétille de la queue. Je vais le lâcher et on verra bien ce qui se passera.

De la mer parvint l'écho d'une cloche. Derrière la péninsule du Páramo apparut un bateau éclairé qui longeait la côte jusqu'à Punta Sinaï. Il n'y avait pas de brouillard. Grotzen regarda sa montre : huit heures. Roulements de tambour d'un changement de garde.

– La nuit tous les chats sont gris, mais avec la lune, les chiens, les chats et les renards sont rouges, dit Grotzen, tandis que Georgina lui préparait un ragoût de *bandurria* [1], son oiseau préféré.

Au Páramo, l'alimentation était variée. Au printemps et en été : œufs d'outardes, oies sauvages, canards et foul-

1. Oiseau aquatique de la famille des échassiers.

ques, *churretes,* étourneaux et *mineros* provenant de la lagune. Parmi eux s'élevait le cri unique de l'*Elaenia chilensis* qui annonce les chutes de grêle ou les gros flocons de neige silencieux ; cet oiseau fait son nid et pond trois œufs à trois mètres du sol, dans de petits arbres au feuillage rond d'où tombent des lianes ; l'hiver venu il s'envole vers le bassin de l'Amazone et revient pondre et élever ses petits en Terre de Feu. C'est chose compréhensible pour les oies sauvages et les flamants, qui disposent de grandes ailes ; mais le phénomène est plus mystérieux chez cette fragile créature dont le chant est comme un éclat de lumière à la tombée de la nuit.

Soudain un hurlement terrible s'éleva du chenil.

– Qu'est-ce qui se passe ? s'écria Georgina épouvantée.

– Je lui ai donné un coup de hache sur la tête ! s'exclama Grotzen, bredouillant et claquant des dents, la main serrée sur son bras droit déchiré par un coup de dent.

Georgina courut au ranch à la recherche d'iode, de sel et d'une lanière en tendon de guanaco. Elle lui fit un garrot pour arrêter l'hémorragie. Elle savait qu'il fallait badigeonner d'iode une blessure dans les trois heures qui suivent afin de prévenir l'infection et la gangrène.

– C'est la renarde ou le chien ?

– La renarde. Ils allaient s'accoupler. J'ai bien cru que dans l'obscurité elle allait confondre le chien avec un renard ; mais c'est moi qui me suis trompé... Ils se sont jetés l'un sur l'autre en grognant, à coups de dent. L'un a mordu l'autre au cou pour l'étrangler ; je me suis approché du chien pour lui serrer la gorge, comme on fait dans les bagarres de chiens. Et la renarde m'a enfoncé ses crocs jusqu'à l'os. J'avais très mal mais j'ai réussi à saisir la cognée et je l'ai frappée avec le manche.

– Nuits de lune... sang et dune...

Grotzen se remit à claquer des dents. Il était d'une pâleur mortelle. Georgina le soutint par le bras et le ramena à la maison. Dehors, Krá projetait ses ombres sanglantes sur les sables du Páramo. Le berger allemand s'était retiré en bavant dans sa niche.

Orion, le Grand Chasseur, avec ses « trois Marias » à la ceinture, brillait haut dans le ciel ; les traînes verte et rousse de Rigel et Betelgeuse évoquaient l'exode des « hommes solitaires de l'Onaisin ».

Georgina voulut garder la peau de la renarde. Elle la dépeça et la cloua derrière l'étable pour la faire sécher au soleil et à l'air marin. Grâce au sel, elle serait plus facile à tanner. Grotzen resta au lit. Georgina ne savait que faire du cadavre de la renarde, à moins de le donner en pâture aux caranchos ou de le jeter à la mer comme un phoque mort. Elle le prit par les pattes et se dirigea vers les buissons de mata negra où Grotzen prétendait avoir enterré le fémur du capitaine Martsen. Ainsi, les nuits de pleine lune ils se promèneraient ensemble dans le Páramo...

Georgina, qui n'avait pas lu Julio Popper, connaissait parfaitement ce que décrivait le journal du Roumain :

« ...Dans cet extrême austral du monde habité et disposant en tout et pour tout de douze épouvantails bourrés de paille pour faire face aux hordes de bandits qui nous cernent, les derniers travailleurs se réunissent, se mutinent et veulent abandonner l'établissement. Il aurait suffi, à ce moment-là, qu'un seul d'entre eux entrât en contact avec les assaillants pour que ceux-ci, informés de la réalité de nos soldats, donnent l'assaut final. Nous parvînmes, non sans difficulté, à isoler ces ouvriers, au nombre de dix-sept, à la pointe du Páramo, en menaçant d'une balle de Remington quiconque tenterait de s'enfuir. Avec les quatre hommes de la garnison, nous construisîmes au-dessus de la maison une petite tour crénelée où nous montions la garde jour et nuit, tandis que l'escadron de mannequins, exhibé chaque jour dans la vallée, maintenait à distance les cavaliers de Punta Arenas. Nous gardions prisonniers trois individus qui s'étaient présentés en brandissant un drapeau blanc et qui, vu les circonstances, ne devaient en aucun cas rencontrer nos ouvriers et moins encore repartir…

« …Pour conclure au sujet du cadre météorologique de l'île, il me reste à mentionner un phénomène qui intéressera sans nul doute les auteurs de littérature romanesque. Du Río San Martín jusqu'à l'extrême nord de la Bahía s'étend, sur une distance de quatre lieues, une plage argileuse d'une largeur de trois milles. Phénomène curieux, cette plage est entièrement sèche, offrant, à cause de sa surface plane, l'aspect d'une immense place goudronnée.

« En la traversant pour la première fois, je fus surpris par un spectacle grandiose. J'eus l'impression de me trouver au centre d'une plaine circulaire, baignée à sa périphérie par l'immense miroir de la mer.

« J'avançais, suivant une orientation de 5° indiquée par l'aiguille de la boussole ; mais j'eus beau m'être déplacé de quelques milles, j'avais l'impression d'être resté immobile au centre de cette plaine. Fatigué de marcher, apparemment en vain, je m'arrêtai dans l'attente du transport qui devait emprunter la même direction quand, soudain, je vis apparaître un groupe de géants qui se rapprochaient à grande vitesse. Je me mis à sourire quand je me rendis compte que ce n'était que le reflet de chevaux sur la surface de la plage et que l'océan qui l'entourait était simplement l'image du firmament reproduite par la même réfraction.

« C'était une magnifique réfraction optique qui me fascinait. J'avais observé un phénomène analogue aux abords de Port-Saïd, en Égypte, mais qui était dépourvu des couleurs brillantes qui s'offraient ici à ma vue. Un guanaco galopant dans la plaine évoquait deux grands palmiers traînés par le vent.

« Des chiens qui couraient prenaient la forme d'immenses grenouilles et semblaient s'élancer dans les eaux de cet océan fictif. Comme je reportais mon regard sur les chevaux, se présenta à mes yeux une sorte de bois de chênes majestueux, courbés par le vent selon un angle de quarante-cinq degrés. Ce phénomène peut être observé tous les jours sur la plage de la baie de San Sebastián et son explication, assurément très simple, est à chercher dans la température de l'atmosphère, dont les couches, de densités variées, possèdent diverses propriétés de réfraction. L'argile réchauffée par le soleil et l'atmosphère refroidie par le vent d'Ouest produisent ces visions, analogues à la *fata morgana* des côtes de Sicile et à celles que les Français appellent *mirages.* »

Georgina arriva sur la rive sud de la lagune, où son père George Sterling s'était perdu une nuit. Elle se souvenait de son récit : se rendant à la Secunda par une nuit de lune, il voulut dormir au poste, mais il eut beau tourner dans tous les sens, il ne le trouva pas. La cabane avait disparu. Il ne lui resta plus qu'à entraver son cheval afin qu'il puisse brouter, et à s'endormir sur un matelas d'herbe, la tête appuyée contre la selle. En se réveillant aux premières lueurs de l'aube, il n'en crut pas ses yeux : la cabane se trouvait en face de lui. Il s'y arrêta pour déjeuner afin de pouvoir supporter le long trajet qui lui restait à faire.

A un autre berger, autorisé à emmener sa famille, il était arrivé plus étrange encore : un jour, l'homme revient des pâturages et frappe à la porte du ranch. Une de ses filles ouvre et lorsqu'il lui demande « Ton papa est là ? », elle s'enfuit pour dire à sa mère que son père est devenu fou. En effet, il divagua pendant trois jours, appelant ses chiens avec un sifflet de gardien qui imitait les claquements du fouet. Puis il revint à lui, se croyant toujours au travail en pleine campagne…

Un autre berger, qui donnait à manger à des moutons, vit soudain apparaître une espèce de tourbillon qui amassait le chaume éparpillé au pied de la meule. Les brins de paille que foulaient les moutons se mirent à former un fuseau qui ressemblait à un homme coiffé d'un bonnet dansant sur ses deux jambes. Le danseur tourna autour de la meule. Les moutons restèrent impassibles. Ils continuèrent à piétiner la paille, mais le chien, qui se tenait au pied de la clôture, voyant que l'homme n'enjambait pas les barbelés mais les traversait sans accrocher ses vêtements, se mit à hurler comme un loup et à trembler jusqu'à ce que le fantôme s'évanouît dans l'immensité du Páramo.

Georgina songeait à ces histoires alors qu'elle était en quête d'une pelle pour enterrer la renarde rouge à côté du fémur du capitaine Martsen. Elle creusa dans le sable, rencontra une couche de terre ferrugineuse et sa pelle heurta un objet dur, qu'elle dégagea. C'était un morceau de roche transparente striée de veines colorées. Elle le rangea dans sa poche et continua de creuser la tombe de l'animal. En le saisissant par les pattes, qui conservaient quelques poils roux, elle frémit à la vue de ce petit cadavre écorché. Elle serra les pattes aux griffes molles, tandis qu'un tremblement montait de ses jambes jusqu'à la gorge où il forma un nœud. Avec de grosses larmes aux yeux elle jeta l'animal dans la tombe et le recouvrit de sable. C'était la première fois qu'elle pleurait de la sorte. Elle tassa la sépulture afin que les rapaces et les rongeurs ne déterrent pas le cadavre. Puis, séchant ses larmes et repartant vers le ranch, elle vit entre les matas negras deux lueurs vives et un museau. C'était le berger allemand de Grotzen.

– Où as-tu trouvé cette pierre ? lui demanda celui-ci en voyant la rose de quartz.

– En enterrant la renarde près du fémur du capitaine Martsen.

– Montre-moi ça.

Couché sur son grabat, Grotzen contempla à contre-jour la pierre cristalline.

– Ce n'est pas du diamant mais du cristal de roche, affirma-t-il en homme d'expérience. Un quartz proche du diamant. Avec un éclat, on peut couper du verre.

Georgina se pencha sur la couche du vieil homme blessé et tous deux contemplèrent les minuscules tours percées de cavités rougeâtres, parfaitement biseautées, tel un iceberg retourné.

– Donne-lui un petit coup avec la pointe de la hache, on va sûrement trouver quelque chose à l'intérieur.

Ce que fit Georgina, non avec la hache mais avec le pic. Le quartz éclata en quatre morceaux qui jaillirent en l'air et retombèrent à ses pieds. En les ramassant elle remarqua de nouvelles moirures sur les arêtes, en particulier une sorte de fenêtre biseautée semblable à celle que contemplait Men Nar quand elle donnait le sein à sa fille. Elle posa sur son cœur cette fleur aux pétales tranchants. En la ramassant elle s'était entaillé le pouce. Elle suça le sang comme elle avait ravalé ses larmes. Et elle regarda une fois encore la rose de quartz dans laquelle se reflétaient les paysages du Páramo, décomposés comme dans un kaléidoscope.

25

Malgré les remèdes que Georgina rapporta de la gargote, où elle apprit le départ de George Sterling, malgré les herbes de Militza et les soins prodigués, l'état de Doimo Grotzen empira, ponctué de violentes crises de claustrophobie au cours desquelles il se levait et tentait de sortir. Il fallait le supplier de se calmer. Ses forces l'abandonnaient. Georgina déployait en vain toute sa vigueur juvénile. Elle éprouvait une étrange et naissante tendresse pour son mari. La nuit, elle barricadait la porte afin que Doimo ne pût s'enfuir. Le jour, le malade furieux se levait et titubait jusqu'à la porte en s'aidant de son bras valide. L'autre bras, bandé en écharpe, enflait, formant des escarres qui lui rongeaient l'aisselle. Il délirait, serrant les dents pour ne pas crier, mais il laissait échapper de sourdes plaintes, étouffées par le fracas des vagues. Des paroles confuses, incompréhensibles, jaillissaient de ses lèvres tremblantes. Épuisée, Georgina tombait de sommeil. Grotzen n'était plus qu'un vieux gorille en cage. Parfois, il se jetait sur elle dangereusement et elle dut faire usage du fouet, avec lequel il avait tenté de mener la renarde au chien. Doimo lui avait appris que pour dresser un chien il faut d'abord ne pas en avoir peur. Le chien flaire la peur de l'homme. Il faut ensuite s'approcher dos tourné à la niche, car la peur se concentre au creux des reins. Le chien descend du loup, et le chien ona du renard rouge. C'est pourquoi il avait voulu les croiser. En brandissant le fouet, Georgina ne faisait qu'appliquer les conseils de Grotzen.

Une nuit, elle entendit un étrange tambourinement ; on marchait à grands pas. Puis le vent sembla charrier des graviers. Les vagues aussi crépitaient bizarrement.

Un après-midi, apparut sur la grève le cadavre d'un éléphant de mer à la trompe coupée ; il portait une plaie béante au cou et baignait dans une mare de sang coagulé. Mais il ne ressemblait pas à un phoque ; son énorme corps évoquait une roche ridée, d'un gris sombre, détachée du relief. Il reposait sur un lit de lichens brunâtres. Georgina alla chercher son couteau et dépeça la bête. La peau était si grande qu'elle aurait pu couvrir le sol de sa chambre. Elle l'étendit sur l'herbe, car le mur de l'étable n'était pas assez large. Cette nuit-là, elle eut du mal à trouver le sommeil, non seulement à cause des grognements de son mari, mais parce qu'elle pensait au cadavre de l'animal sur la plage, d'où semblaient monter les hurlements du vent. Elle fit un cauchemar.

...Une immense peau de tambour tendue entre ciel et mer... Échos lointains d'une mélodie mêlée à la rumeur des vagues... Tumulte de chevaux marins en fuite... Ils entrent et sortent des rochers. Mugissement de bête blessée... Dors, Grotzen... endors-toi, mon Grotzen, dors, dors... Militza, Militza... Vagues de cristal... icebergs... Les glaces explosent contre la falaise... Cristal piqueté de fleurs rosées... Étourneaux à gorge pourpre, effrayés par de noirs albatros... Un énorme vautour plane au-dessus du Páramo... Kuanip se dresse et chante face au ciel. Des bulles de lumière sortent du bec du cormoran sacré. Kuanip s'évanouit en chantant dans la brume...

Georgina se réveilla en sursaut, puis se rendormit.

... Musique dans la nuit du Páramo... imminence d'un événement que le chien annonce en hurlant... Musique qui descend sur les récifs et envahit la baie... Moissonneuses d'or... Des boucliers l'entourent, l'écrasent... la poitrine de Grotzen bat comme un tambour... Puis les boucliers s'éloignent… se désagrègent en flocons de neige, plumes, oisillons, qui volent dans tous les sens et s'éloignent… comme les pattes d'un grand renard vers la Patagonie lointaine…

A cinq heures du matin, Georgina se leva pour allumer le feu ; elle porta le déjeuner à son mari et partit à cheval au commissariat de San Sebastián, où elle raconta les faits survenus la veille. Elle omit de dire qu'elle avait dû user du fouet pour dominer la furie de Grotzen, qui voulait à tout instant se lever et courir vers la mer.

Le commissaire ne réclama pas d'autres détails car il était informé des événements du Páramo. Il ordonnerait à deux gendarmes de se rendre au ranch afin de constater l'état de Grotzen. Et, si c'était nécessaire, il le ferait transporter à Río Grande, où il y avait un médecin. Il lui conseilla de ne pas s'alarmer, car il connaissait d'autres cas de vieux chercheurs d'or à qui il arrivait de perdre la tête. Dans les postes isolés, des hommes fous de solitude se livraient parfois à des actes aberrants, se pendaient avec leur lasso, ou soignaient une rage de dents d'un coup de fusil en pleine mâchoire.

– Tu dois aller voir le médecin à Río Grande, c'est ce qu'a dit le commissaire, prévint Georgina à son retour au ranch.

– Le médecin ?… Je préfère mourir près de toi, je suis plus calme ici, ne me laisse pas seul, je t'en prie… Viens, viens, j'ai besoin de toi… je peux encore, tu sais.

– C'est moi qui ne peux plus… Cette nuit tu m'as passé ta folie, j'avais peur en me réveillant.

– Georgina, ma Gina, viens, viens ici, j'ai besoin de toi plus que jamais, supplia-t-il en lui glissant la main entre les jambes.

– Je ne peux pas, je t'ai dit, avec tous ces avortements que Militza a dû me faire.

– Et pourquoi on n'aurait pas un enfant, maintenant ?

– Parce que je suis enceinte…

– De qui ?

– Et tu me le demandes !

– Retourne voir Militza…

– Après que les gendarmes t'auront emmené à Río Grande.

– Je ne reviendrai peut-être pas de Río Grande.

– Tu reviendras, parce que je t'attendrai et je t'attendrai jusqu'à ce que j'aie mon enfant.

– Je ne te quitterai jamais. Tout ce qui est à moi est à toi. L'or en poudre, les pépites, fais-y attention, il n'y en a pas beaucoup. Notre enfant ne peut compter que là-dessus.

– Il faut que je m'occupe des brebis. Je dirai aux gens de Río Cullen d'attendre ton retour pour commencer la marque. Il y a déjà des agneaux.

– Bon, j'irai voir ce docteur et à mon retour on commencera une nouvelle vie toi et moi.

Il l'étreignit et pour la première fois lui donna un baiser sur le front. Georgina rougit et ses yeux verts se posèrent sur le vieux avec tendresse, comme s'il était un vrai père… Tant de chasseurs d'Indiens pouvaient être son père ! Elle lui prit la main et la garda un moment entre les siennes. Mais brusquement son esprit repoussa cette main. Elle venait de penser à l'histoire d'Aquelvóin, la fille de Cásmen et de Háis, que sa mère lui racontait quand elle était petite, près de la fenêtre dans la cuisine du Pelé… Tout était donc ainsi ? Elle ne savait pas, elle préférait continuer à vivre dans sa « savante ignorance ». A quoi bon penser ? Grotzen lui disait souvent : « Ne fais pas la folle, pour moi tu es la femme la plus intelligente. Tu es douée en tout ; mais tu es impulsive, tu t'étourdis… tu ne réfléchis pas ; les choses sont plus faciles quand on réfléchit avant… même avec une « savante ignorance ».

– Ah ! La petite phrase de ton école de Río Grande !.. Jusqu'à quand tu vas me casser les pieds avec ce que je ne comprends pas ?

– Jusqu'à ce que tu me dises la vérité… et que tu

m'aides à savoir qui est mon père… Je sais que ce n'est pas toi ; mais ce Johnson… oui, Johnson…

– Des Johnson, il y en a tellement… Il y en a partout. Tu sais ce que ça veut dire, Johnson ?

– Non.

– Fils de John.

– Et jon, en langue ona, ma mère me disait que ça voulait dire guanaco…

– Fille de guanaco, alors…

– De guanacos… ça m'est égal qu'il soient rouges ou blancs !

– Arrête de m'emmerder… Tu crois en Timáukel ?

– Je ne me suis jamais demandé si je croyais ou non. Et toi, tu crois en Dieu ?

– Mon dieu c'est l'or, et toi tu es ma déesse… Je me méfie de tout le reste.

– Moi, je n'ai jamais eu personne et je n'ai appartenu à personne. Mon premier nom a été crié dans les bordels de Río Grande : La Mabel du Cap !… Et maintenant, il y en a qui m'appellent la reine du Páramo ! Ma mère a été violée par des chasseurs d'Indiens… Certains disent qu'ils étaient deux ou trois. Qui peut savoir ? Le Pelé et sa femme ont été mes premiers parents. Ma mère haïssait mes yeux. Elle ne pouvait pas me regarder en face, elle détournait ma tête. Je ne comprenais pas ses paroles, mais j'aimais l'écouter. En grandissant, j'ai vu et entendu le meilleur et le pire. La Cinchón et la Vieja Encaña m'ont proposé de travailler chez elles. Petite, j'ai passé mon temps à éviter de me faire peloter par les marins et les chercheurs d'or. J'ai vu mourir Gómez le pédé d'un coup de revolver… tiré par le gendarme. Il gémissait en se tenant le visage. Ils pleurent, ceux qui se tapent une Indienne ? Ou une brebis ? Les Ona ne faisaient pas ça. Ils inventaient des histoires comme celles que me racontait ma mère. Et quand je pense à celles du capitaine Wallis ! Il prétendait qu'en Inde on fait avancer les bœufs en leur enfonçant un bâton dans le cul. Et les vaches, on leur accroche une croix à la queue pour qu'elles donnent du bon lait. C'est toi qui m'as dit que le meilleur lait sort de la vache engrossée par son propre taurillon. C'est pour ça qu'à l'école j'ai dit que je préférais l'ignorance. J'apprenais le bien, pas le mal. Je t'ai choisi comme mari au milieu du troupeau. Je savais que tu n'étais pas mauvais. Et je suis venue avec toi au Páramo à la recherche de l'or et non des crottes de guanaco blanc. Le vieux Schaeffer m'a souvent proposé la même chose, mais quand il était soûl, il donnait des coups de pied dans le ventre de sa jument. Une fois, je l'ai regardé, effrayée, en l'aidant à monter en selle et il a voulu me donner un coup de cravache. Je suis partie en courant, sinon il m'aurait cognée comme un chulengo. Je savais que toi, tu ne frappais pas les femmes. Si j'ai eu tort, pardonne-moi.

– On doit se pardonner tous les deux, Georgina… lui dit Doimo en la dévisageant comme si elle était une inconnue.

Et Georgina voyait un nouveau Grotzen.

– Ma mère m'apprenait le Notre Père et l'Ave Maria, continua-t-il. Je les récite quelquefois, ça prend une minute ; au moins pendant ce temps on ne commet pas de saloperie.

– Je ne t'ai jamais entendu prier.

– Je prie en silence, c'est pareil. Pour prier on n'a pas besoin de parler.

Ils joignirent de nouveau leurs mains, mais cette fois Georgina prit celle de son vieux mari avec un amour de jeune mère. Et elle ne la repoussa plus…

Elle alluma le poêle et mit à chauffer la bouilloire afin que le maté fût prêt lorsque les gendarmes arriveraient. Elle connaissait Fernández et Lauric, qui étaient passés une fois, à la recherche d'un fugitif qui avait poignardé un homme au Chili. Ils avaient averti le poste-frontière. Le « pingre » et « l'Autrichien » – surnoms que leur avait donnés Grotzen avaient pris bonne note et étaient partis à la poursuite du criminel, couverts de leurs capotes gris-bleu qui faisaient songer aux ailes des charognards.

Elle regarda, sur le mur de la cuisine, le dessin d'un superbe cheval, découpé dans une revue qui annonçait une nouvelle marque de whisky : Pink Horse. C'est elle qui l'avait placé là car il ressemblait à son alezan. A côté, collée sur le bois, se trouvait une autre page en couleurs que Grotzen avait rapportée de la gargote un jour où il était allé chercher du vin. Elle représentait un beau verre à moitié plein d'où émergeait une rose tréflée à quatre pétales rouges ; dessous, en guise de légende, une petite histoire des *Argentine Wines*.

Comme la plupart des bergers et des chercheurs d'or, Grotzen avait décoré sa cabane avec des illustrations découpées dans des revues.

– Moi, je n'aime pas les images de femmes nues, disait-il, parce qu'on finit par trop y penser. Ce qu'on met au mur, je préfère que ça serve à apprendre... Pas ces cochonneries... Parfois on rentre crevé au ranch et la première chose qu'on voit c'est une garce à poil, collée au mur, qui montre son cul et vous fait les yeux doux. A quoi bon ? Le ranch semble alors plus vide que jamais. Il vaut mieux un bon feu, une bonne côtelette et un bon coup de vin blanc. Et, en lisant la publicité sur les vins, on peut apprendre quelques mots d'espagnol, d'anglais, de latin et d'autres langues.

C'est ainsi que Georgina avait lu ses premiers mots de latin : « *In poculis*, grâce à ce bon vin vous ferez de bonnes affaires... » « *Sanguis uvae,* le sang du Christ, indispensable pour l'autel et la table, accompagna les conquistadors. »

« A votre santé ! Buvez le vin des conquistadors, le vin des condors... » Ces marchands auraient été capables de vendre le sang du Christ !

Les gendarmes frappèrent à la porte avec leurs crosses de fusil.

– Alors, on agonise ? lança Fernández.
– Je vous donne la main gauche, ne m'en veuillez pas.
– La droite ou la gauche, ça m'est égal.
– Bonjour, don Doimo ! lui dit Lauric qui se tenait en retrait.

Les deux gendarmes de San Sebastián étaient des compères de Grotzen ; ils avaient l'habitude de se retrouver chez Vrsalovic pour y parler or et affaires.

– Ça va mal... J'ai été mordu par la chienne au moment ou le chien allait la monter pour obtenir des chiots métis.
– La renarde, corrigea Georgina.
– Oui, oui, la renarde... j'avais oublié.
– C'est pas le choléra, au moins ? demanda Lauric.
– Ou la rage ! s'exclama Fernández.
– Tu t'y connais, toi ?
– Autant que toi sur le choléra...
– Venez boire un maté, Gina l'a préparé.
– « Le bijou que tous convoitent est difficile à garder », don Doimo...

Georgina posa la bouilloire au milieu du banc et les gendarmes se mirent à boire le maté. Puis elle habilla Grotzen pour le voyage, pendant que les deux hommes bavardaient.

– Qu'est-ce que c'est, la rage ? demanda Lauric.
– Le chien se met à baver, ses yeux s'éteignent et celui qu'il a mordu meurt en trois jours.
– Et le choléra ?
– Eh bien... Tu commences à chier dans ce monde et tu t'essuies le cul dans l'autre !

Georgina sella le Jerezano pour Grotzen. C'était un cheval haut sur pattes, osseux et au trot soutenu. Il se distinguait du troupeau par sa robe gris plomb. Un jour où elle s'était perdue dans la pampa, le Jerezano avait voulu lui indiquer le chemin en tirant sur les rênes. Se méprenant sur son attitude, elle lui donna des coups de cravache. Le cheval obéissait, puis tirait de nouveau sur les rênes vers une direction précise. Enfin, elle lui laissa la bride sur le cou et le cheval retrouva seul son chemin. Il n'y eut qu'une grive pour saluer par son chant l'intelligence de l'animal.

Grotzen monta en selle et les gendarmes l'aidèrent à stabiliser son gros corps malade.

– On l'attache avec une cinchón tres vueltas [1] ?

– Et qui va le détacher quand vous allez traverser le Gué des Cygnes ? Il y a des glaçons à cette époque, dit Georgina.

Grotzen hocha la tête, approuvant sa femme. Attaché, il pouvait glisser entre les pattes de l'animal ; si docile fût-il, il noierait le cavalier en l'écrasant.

Il partit les rênes dans une main et le bras en écharpe, entre les deux gendarmes. Georgina les vit disparaître derrière les frondaisons de la lagune aux canards ; puis ils réapparurent à la courbe de la colline qui conduisait chez Vrsalovic. Elle rentra dans la cuisine où elle contempla une fois encore le cheval du Pink Horse. Sur l'étiquette était dessinée une belle femme blonde qui tenait l'animal par la bride. Elle portait une robe couleur hyacinthe. Par la fenêtre Georgina aperçut un petit oiseau à la longue queue mouchetée de blanc et à la tête noire, qui nourrissait ses oisillons, perché sur le rebord du nid miraculeusement suspendu entre deux branchettes. Ces oiseaux se nourrissent de la boue qui sèche à marée basse.

Un rayon de soleil éclaira le visage de Georgina. Elle se regarda dans le miroir que Grotzen avait accroché près de la cuisine pour se raser quand ses joues étaient envahies par la barbe. Elle vit le visage de Doimo, carré, au nez écrasé reniflant l'air autour de lui. Les miroirs reflètent parfois ce que nos yeux ne peuvent voir, le visage des absents ou des disparus qui réapparaissent là où ils se sont regardés. Georgina savait reconnaître les traces de Grot-

1. Jeu de mots renvoyant au surnom de la célèbre maquerelle de Río Grande.

zen, laissées par ses bottes aux bouts ferrés avec lesquels il brisait la rocaille. Il se penchait, ramassait les cailloux, les mettait dans des sacs pour ensuite les examiner. Si un fragment ne l'intéressait pas, il le donnait à Georgina ; il faisait comme les oiseaux qui emportent des brindilles sèches dans leur nid et les trient.

« Voilà des grenats, là les rubis, certains ont de la valeur, les autres n'en ont pas plus que le quartz ou l'agate », l'avait-il avertie quand ils s'étaient retrouvés seuls dans la chambre tandis que les gendarmes attendaient dehors. Il lui avait aussi remis de grosses boules d'or amalgamé enveloppées dans un torchon.

– Tu ne les vendras pas bien cher. Il y en a de bonnes et de moins bonnes. Il vaut mieux les mélanger pour que les voleurs se trompent ou qu'un commerçant qui ne connaît rien à l'or n'y voie que du feu. Prends soin de toi, tu es la reine du Páramo et tu vas rester seule. Avant j'allais boire avec Santiago le borgne. Je n'allais pas plus loin, je n'avais plus besoin d'aller à Río Grande. Un homme dans le besoin n'est pas un homme libre. Maintenant je suis foutu à cause des crocs de cette renarde ! J'ai besoin d'un médecin qui soit un vrai médecin… et puis parce que ma Georgina Sterling m'attend. Prends bien soin de l'or !

– Comme d'un père ! lui promit Georgina, en rangeant soigneusement ses trésors.

Elle était seule maintenant, et dans sa tête résonnait le mot « renarde… renarde… ». Se regarderaient-ils de nouveau dans ce miroir de la cuisine ?

De temps à autre, ils comparaient leurs yeux : les siens étaient d'un vert très vif, alors que Grotzen avait un regard sombre et dur, étincelant parfois. Ce n'était pas son père, cela se voyait et l'un et l'autre le savaient. Elle avait le visage allongé et un nez fin.

Soudain, elle vit un charognard au plumage sombre et cendré qui planait au-dessus des arbustes où le petit oiseau avait fait son nid. Le rapace passa devant la fenêtre, ailes déployées tel un éventail de lames, et fondit en un vol rasant sur le fragile nid, qu'il évita au dernier moment. Le petit oiseau était encore à l'ouvrage.

Dans l'après-midi se leva un vent chargé de poussière. Les oiseaux du Páramo s'envolaient dans toutes les directions, les uns vers la mer, les autres vers la cordillère. Georgina s'allongea sur le lit, épuisée par les derniers événements, en proie à des sentiments confus et contradictoires.

Étranges étaient ses yeux, changeants comme les sables du Páramo un jour de tempête. Doimo Grotzen évitait son regard ; d'autres se mettaient en face d'elle et observaient ses yeux comme s'ils y cherchaient des rubis, des cristaux rouges dans le quartz. Dans son œil gauche luisaient des reflets de terre, d'herbe et de ciel ; on croyait voir au fond de sa rétine une carte miniature de la Terre de Feu. Dans l'œil droit ondulaient les steppes et les forêts de l'Onaisin. Les yeux café de Grotzen se troublaient en découvrant ces reflets.

...Mugissements des éléphants de mer, fracas des vagues sur les falaises et les récifs, roses sanglantes perlées de larmes, cristaux de sang au cœur de la roche... Peau grise du phoque au milieu de fleurs rouges, jaunes, bleues... Et voilà qu'un accord de bandonéon s'élève qui emporte Georgina jusqu'aux berges du Río Grande. Comme en songe, elle entend :

Rires fous cherchant ses traces
Tais ta peine devant l'amour et oublie
Ces baisers qui ouvrirent les roses de tes blessures
Et que te revienne en mémoire
L'espoir d'un autre chemin fleuri.

Tangos... oui ; elle n'avait pas connu d'autre musique.

Dehors, les mouettes s'acharnaient sur la peau de l'éléphant de mer, si épaisse qu'on entendait le bruit des becs qui dérapaient. Une algue immense avait été traînée par les marées jusqu'au rivage. Comme un long lasso de cuir luisant, elle flottait sur les eaux de la lagune, s'enroulant et se déroulant en de paresseux remous. Georgina prit son couteau et regarda la lame. Pendant la nuit elle avait fait un affreux cauchemar : une ombre s'était détachée de la bourrasque, avait pénétré dans la maison et s'était couchée sur elle comme le faisait Grotzen quand il avait la folie en tête… Mais cette ombre était celle de Johnson… Elle parvint à saisir son couteau sous l'oreiller et à lui assener un coup sur la nuque comme pour un taureau. Elle sentit la lame crisser sur les vertèbres et l'ombre s'évanouit. Elle se réveilla bouleversée par son horrible rêve.

Apaisée, elle aiguise le couteau, d'où a disparu toute trace de sang, sur la pierre millénaire, au pied du banc sur lequel Grotzen découpe des lanières dans la peau de guanaco.

…La pleine lune tachée d'ombres rousses dessinait les contours d'un visage qui semblait tourné vers le ranch. Mais dans sa solitude tourmentée Georgina ne regarde plus Krá, celle qui s'est révoltée contre les hommes du lointain Onaisin et dont les danses ondulent sur le toit de zinc. Si Krá avait pu voir la tête courbée de Georgina et ses lèvres mordues, peut-être eût-elle séché ses larmes de ses rayons lumineux en lui disant : Lève-toi, selle ton alezan, mets ta robe hyacinthe, tes bottes fauves et galope avec moi vers le nord à la recherche des pattes de renard !

Un voile carré couvre maintenant la face de Krá. Puis le carré devient cercle. Un rayon s'échappe du halo et pénètre par la fenêtre du ranch, dessinant sur la vitre une figure étrangement maternelle…

…Doimo Grotzen juché sur son cheval… Il descend de l'animal qui le ramène de Río Grande. Georgina tient un enfant dans ses bras, dont elle lisse les cheveux mouillés après le bain. « Qui est cet enfant ? » demande Grotzen. « Le tien ! » crie Georgina, qui ajoute : « Montre les dents à ton papa »... Grotzen sort en courant de la cuisine et enfourche de nouveau son cheval... La robe de Jerezano, ruisselante de sueur, est devenue couleur hyacinthe. Ses flancs sont couverts d'écume. Il se retourne et s'élance au galop... Un rayon de soleil perce les nuages et illumine l'échine courbée d'un guanaco blanc. Un albatros errant plane au-dessus des rochers et décrit de ses ailes d'énigmatiques arabesques... Sur le chemin en pente qui conduit à la gargote de Santiago, Jerezano va seul. Le cavalier a disparu.

« Voilà enfin ton cheval ! » lui dit Militza par la fenêtre du ranch. « Il est fatigué, en nage, mais ce n'est pas comme cette robe de l'étiquette du whisky... Ça c'est la véritable couleur hyacinthe !... » Elle frappe de l'ongle sur la vitre, lui montrant une robe emplumée. Georgina ne voit que les capotes grises des gendarmes Lauric et Fernández qui ont emmené Grotzen...

...Elle tente de se lever, mais elle ne peut pas... Militza frappe à la fenêtre... Non, ce n'est pas Militza ; c'est la chouette blanche qui a pris la couleur cuivrée de l'alezan... « Viens, viens tout de suite !... » hurle Georgina, et Grotzen apparaît... « Qu'est-ce qu'il y a ? »

Le ranch se met à grincer. Georgina lui désigne du doigt la fenêtre de la cuisine. Grotzen avance sur la pointe des pieds, se cache derrière la porte. On entend des croassements d'oiseaux de proie. La maison grince, la table tremble, les bois se décomposent et se recomposent bruyamment, le zinc s'écaille. Une nuée bourdonnante de mouches vertes s'abat sur les marécages, d'où s'élève une longue plainte...

Georgina se réveille terrorisée. Le soleil pointe derrière la presqu'île. Une nouvelle nuit de rêves et de fantômes s'achève. L'aurore flamboie, crépite au fond de la pampa.

Sur le rebord de la fenêtre s'est posée une chouette blanche, de celles que les fermiers écossais appellent *cat face owl,* une chouette à face de chat ; mais pour Georgina elle a le visage d'Okicén, l'Ona que Kuanip a maudit en le transformant en hibou blanc. Le front plonge jusqu'aux plumes qui dissimulent le bec. C'est une face aux yeux tendres, profonds, mi-clos. La chouette a été surprise par le jour. Elle regarde Georgina sans la voir. Le plumage de l'oiseau est maculé de sang, les caranchos lui ont arraché des plumes ; ils sont là, ces couards, qui attendent perchés sur les piquets du corral le moment propice pour attaquer. La chouette effrayée tourne la tête d'un côté à l'autre, aveugle. Georgina voudrait ouvrir la fenêtre pour la mettre à l'abri, mais il n'y a pas d'espagnolette. Soudain, un rapace s'élance et c'est un tourbillon d'ailes blanches et sombres et de coups de bec. Le lâche a beau attaquer par-derrière, il reçoit ce qu'il mérite et retourne, sans demander son reste, se percher sur le piquet où il se tient immobile. Ses congénères observent sa piteuse retraite. La gorge de la chouette palpite contre la vitre, comme une horloge rythmant la sentence de mort. Le cœur de Georgina bat au même rythme devant la couardise des charognards qui attaquent son « antipode », la petite sœur qu'elle a toujours cherchée autour de la terre. Sa noble tête offre son profil, à droite, à gauche, tel un symbole bicéphale. Les rapaces attendent le moment propice, ragaillardis par leur nombre qui a augmenté lorsqu'ils ont découvert la proie inespérée.

Ce n'est pas une face de plume mais un éclat de quartz gris perle aux yeux obliques.

Et voilà que les plumes et le sang envahissent les membres de Georgina. Les palpitations s'accélèrent, s'emparent des yeux, des lèvres, des oreilles et s'enfoncent dans les profondeurs du cœur… Le sable devient soie… Elle entend le son mat d'une peau de brebis… Le visage de sa mère est tourné vers les herbages de coiron que l'on aperçoit par la fenêtre de la cuisine du Pelé…

Brusquement, couvrant le piaillement des oiseaux effrayés, monte un roulement de tambour... Et sur le toit de zinc on entend le bruit sec des os de l'oiseau de nuit lancés par « l'esprit des nuages »...

Vers le milieu de la matinée, Georgina défit ses vêtements jusqu'à la ceinture pour regarder son épaule gauche qui lui faisait mal. Le miroir se trouvait près de la fenêtre où s'était posée la chouette massacrée par les caranchos. Tous les matins elle se lavait, à côté de son époux, dans le baquet en bois ; puis ils se regardaient. Elle remarqua une grosse tache sur son épaule ; elle avait dû se cogner au montant du lit, ou peut-être le fantôme qu'elle avait poignardé s'était-il défendu. C'était une hyacinthe bleutée qui s'estompait doucement entre ses seins. Elle les palpa devant le miroir et, comme le faisait Grotzen de ses mains calleuses, elle saisit entre le pouce et l'index les deux tétons rosés qui attendaient le printemps du Páramo.

Dehors, dans le vent des montagnes qui emporte les campanules, il lui sembla entendre la grosse voix de Doimo Grotzen, blasphémant comme à son habitude : « Tu es la reine du Páramo, mais c'est moi qui commande ; et nous aurons un enfant quand je le déciderai ! »

« Quand les maîtres de Río Cullen te le permettront ! » eut envie de crier Georgina Sterling.

Mais Doimo Grotzen n'était plus là.

New Delhi - Santiago du Chili, 1979

Cet ouvrage a été imprimé en France par
CPI Bussière
à Saint-Amand-Montrond (Cher)
en juillet 2011.
N° d'édition : 29911-5. - N° d'impression : 111910.
Dépôt légal : octobre 1997.